徳間文庫

# 十津川警部 郷愁のミステリー・レイルロード

西村京太郎



徳間書店

目次

# 愛と死の飯田線

# 第一章　ローカル線への誘い

## 1

久我《くが》は、彼女たちに諏訪《すわ》湖で会った。

湖の近くにあるペンションでの出会いだった。

まだ夏休みのシーズンに時間があったし、梅雨も明けていない、中途半端な時期のせいか、客もまばらだった。

久我は、二十八歳。東京に本社のある工作機械メーカーの社員で、彼は設計を担当していた。

まだ独身で、趣味の一つが旅行だった。

それも、休暇をとり、ひとりでふらりと旅に出るのが好きだった。

今度も、日曜日を入れて月、火と二日間の休暇をとって、松本へ出かけたのである。別に、夏山が目的ではなかった。第一、山登りは苦手《にがて》だったし、まだ夏山のシーズンでもない。

今頃なら、ゆっくりと松本周辺を歩き回れるだろうという気持ちからだった。

日曜日の六月二十三日に、新宿から松本にいき、市内を見て回った。

日曜日なので、さすがに観光客の姿も多く、修学旅行の団体客もいたが、それでも、夏の盛りにこなくて良かったと思った。

自分が山が苦手なせいか、登山姿でだらだらと歩き回る若者たちは、嫌いなのだ。

二十三日の夜は、どこで泊まろうかと迷った末、諏訪湖まで足を延ばし、湖に近い「ピッコロ」というペンションを選んだ。

夕方から、梅雨の走りのような小雨が降り出した。

小さなペンションである。

経営者は脱サラの夫婦で、二年前からここで始めたのだという。

「昨日はたくさんお泊まりでしたけど、今日は全部で三人だけですよ」

と、いった。

その二人が、彼女たちだった。

階下の食堂での夕食のときに、初めて会った。

東京のOLだという二人の片方に、久我は、会ったとたんに惚《ほ》れてしまった。

美しい。が、どこか暗さを感じさせる美しさだった。それを神秘的だと久我は感じたのかもしれない。

名前は、若宮夕子《わかみやゆうこ》といった。

もう一人は、小林《こばやし》みどりである。同じ会社に勤めるOLだという。

そこそこに可愛らしい顔立ちなのだが、久我は、彼女にはあまり魅力を感じなかった。

夕食のあと、小雨に煙る湖に眼をやりながら、久我は、彼女たちと夜おそくまで話し合った。

といっても、久我がひとりでお喋《しゃべ》りをしていることが多かったと思う。男というのは、好きになった女の前では自分のことをわかってもらいたくて、急にお喋りになるものらしい。普段はどちらかといえば、口数の少ない久我が自分の子供の頃のこと、大学時代のこと、そして現在の自分の仕事について、熱っぽく喋った。

彼女たちのうち、みどりのほうはよく喋ったが、肝心の夕子のほうは黙って微笑しながら、久我の話をきくだけだった。そのことも、久我が彼女に好意を持った一つだったかもしれない。

「明日は、どうするんですか？」

と、久我は二人にきいた。このまま明日になったら別れるのは、嫌だなと思っていた。

「明日は、すごく早く、ここを発《た》つんです」

と、みどりがいった。

「早いって、何時頃ですか？」

どうせ七時頃だろうと思ってきくと、

「午前四時には、ここを出るんです」

と、夕子がいった。

「そんな早くに、どこへいくんですか？」

びっくりして、久我はきいた。

「飯田線に乗ろうと思って」

と、みどりがいった。

「私たち、旅行に出たら、なるべくローカル線に乗ろうと思ってるんです。今度は飯田線に乗ってから、東京に帰ろうと思って」

「僕も、ローカル線というのは好きですよ。しかし、そんなに早い列車に乗るのですか？」

「東京に、午後二時までに帰らなければならないの。だから、どうしても辰野《たつの》を午前四時四八分発の電車に乗らないと」

「そりゃあ、大変だ」

「久我さん。一緒に乗りません？　天竜川沿いに走るんで、景色がとても素敵なんですって」

「そうねえ」

久我が迷っていると、夕子が見かねたように、

「久我さんだって、いくところがおありになるんだから、あんまりお誘いしては失礼だわ」

「いや、行き先は、決まってないんです」

と、久我はあわてていった。

その時もう、彼女たちと一緒に、飯田線に乗る気になっていたと、いってもよかった。

## 2

午前四時に、ペンションの主人が、車で辰野駅まで送ってくれることになった。

ペンションを出て、しばらく湖岸を走った。雨はあがっていたが、まだ暗かった。

走っているうちに、少しずつ明るくなってきたが、湖面は、ぼうっと霞《かす》んでいた。

「まるで、墨絵みたいだわ」

と、夕子はじっと湖面を見つめながらいった。

車は、かなりのスピードで辰野に向かった。

辰野の町に入ったのは、四時半だった。

「間に合いましたね」

と、ペンションの主人がほっとした顔でいった。

辰野の町は、まだ眠っていた。まもなく、初夏の太陽が、町を明るく染め始めるだろう。今日は、いい天気になりそうである。

飯田線の辰野駅というより、中央本線の辰野駅といったほうが正解だろう。

それだけに、二階建て、前面ガラス張りのモダンな駅だった。

豊橋までの切符を買い、ここまで送ってくれたペンションの主人に礼をいってから、久我たちは、改札口を入った。

飯田線の豊橋行は、もうホームに入っていた。

だいだい色と、グリーンのツートンカラーの、いささか古びた車両である。それが、四両連結されていた。

何となくなつかしい電車だなと思って、じっと眺めているうちに、ああ、昔、湘《しょう》南《なん》方面を走っていた電車だと、久我は気がついた。

東京の近郊電車は、どんどん新型に替えられていく。古い電車はどうなっているのだろうと考えたことがあったが、こんなローカル線で最後の御奉公だったわけである。

車内は、横に長いベンチと、四人掛けの向かい合ったボックスとが、混合で配置されている。

真ん中の通路に、つかまるための棒があったり、吊り革があったりするのは、昔の湘南電車の車両だからだろう。

久我たちは、四人掛けのボックスシートに、向かい合って腰を下ろした。

車内は、三十パーセントぐらいの乗車率だった。

ガラガラだが、それでも、ローカル線としては、まあまあだろう。

「この電車は、天竜川と一緒に走ってるみたいですね」

久我は、信州の観光地図を見ながらいった。

天竜川は諏訪湖から出て遠州灘《えんしゅうなだ》に注ぐのだが、その三分の二ほどまで、飯田線が川に沿って走っている。

「だから、景色が素敵なんだわ」

みどりが、したり顔でいった。

「それにしても、各駅停車だと、終点の豊橋まで七時間かかるんですね」

久我は、感心したようにいった。

時刻表を見ると、辰野から豊橋まで、百九十五・八キロである。それを七時間かけて走る。単純計算すれば、時速二十八キロということになる。

これは、飯田線が単線なので、上りと下りのすれ違いに時間がかかるからで、実際にはもっと速いスピードを出しているだろう。

それに、駅がやたらに多い。百近い。そのすべてに停車するのだから、時間もかかるはずである。

発車するとすぐ、みどりがペンションで作ってもらったお弁当と、びんに入ったお茶を取り出した。

久我もお腹がすいていたので、三人で窓の外の景色を見ながら、食べることにした。

小さな川にかかる鉄橋を渡った。この川は、天竜川に合流する。

すぐ、宮木《みやき》駅に着いた。駅間の距離が、二キロないのだ。

天竜川が蛇行して、近寄ってきたりする。

眼を遠くに向けると、北アルプスの連山が、まだ雪をかぶっているのが見えた。

伊那市《いなし》駅に着いたのが、五時一九分である。

伊那の勘太郎の故郷である。

陽が昇るにつれて、中央アルプスの連山が近くに見えてきた。

まるで、この電車がその麓《ふもと》を走っているような気がする。反対側が、天竜川の流れだったりする。

素晴らしい景色の連続だった。

だが、そんな景色でも、一時間、二時間と見続けていると、久我はあきてきた。

いやそれよりも、夕子ともっと話がしたいのだが、傍にみどりもいると、どうしても当たり障《さわ》りのない話題になってしまう。

ちょうどいい具合に、みどりが席を立った。

（トイレにでもいったのだろう）

と、久我は思っていたが、彼女は、なかなか戻ってこなかった。

久我はいい具合だと思っていたのだが、夕子は心配そうに、

「どうしたのかしら？」

と、腰を浮かした。

「いいじゃないですか。すぐ、戻ってきますよ」

久我は放っておくようにいったが、夕子は、

「ちょっと見てきますわ」

と、いって、席を立っていった。

彼女は、五、六分して、戻ってきた。

「ごめんなさい」

「どうしたんです？」

「彼女、よっぽど眠たかったとみえて、隣の車両の空《あ》いた席で、気持ちよさそうに眠っているんです」

「今朝は、早かったですからね。いいじゃないですか。眠らせておきなさいよ」

「でも、飯田線に久我さんを誘ったのは、私たちなんですもの。それなのに、眠ってしまうなんて失礼だわ」

「あなたまで眠ってしまうと困るけど、あなたが話し相手になってくれれば、僕はかえって、そのほうが楽しいんですよ」

　久我は、本音をいった。

3

「夕子さんは、会社でどんな仕事をしているんですか？」

　久我は、眼の前に座っている夕子を、改めて美しいと思いながらきいた。

「私は、太陽興産で部長秘書をしています。みどりは、会計の仕事ですわ」

「なるほど。あなたは、部長秘書ですか」

　久我は、感心した。やはり、魅力的なわけだなと思った。

「秘書というのは楽しいですか？」

「ええ」

「じゃあ、結婚なんかより、仕事のほうがいいということですか？」

「仕事は楽しいですけど、結婚もしたいと思いますわ」

「もう結婚する相手は、決まっているんですか？」

たぶんそうだろうと思いながら、久我はきいてみた。

夕子は首をかしげて、

「なぜ、そんなことをおききになるの？」

「何となく、ききたくなったんです。ごめんなさい」

「まだ、そんな人はいませんわ。私ってちょっと陰気だから、親しい男の人って、できないんです。自分でも嫌な性格だから、直そうと思っているんですけど」

「直す必要なんかありませんよ。あなたがちゃらちゃらした性格だったら、ぜんぜん似合わない。物静かだから、あなたの美しさにぴったりなんです」

久我は、一生懸命に夕子を褒めた。別に、お世辞をいっている気持ちはなかった。

彼女の美しさは、静かな美しさだと思う。

夕子は、微笑した。照れ臭そうな笑い方だった。

「でも、みどりさんのような明るい女の人のほうが、男の人にはいいんじゃありませんか？」

「彼女は、悪いとはいいませんがね。あれは、どこにでもいる普通の女の子ですよ。新宿や渋谷にいけば、掃いて捨てるほどいますよ。だが、あなたみたいな人は、めったにいない。素敵な人ですよ。あなた自身、自分の美しさに気付いていないかもしれないけど」

久我は、いつになく雄弁になっていた。どちらかといえば、久我自身寡黙で、意地の悪い物の見方をするほうだった。それが、人が変わったように、口数が多くなっている。

女性の美しさは、男を雄弁にするものらしい。

夕子は、また微笑した。

「久我さんとお話をしていると、自信が持ててくるみたいな気がする」

「不思議だな。本当に、自信がなかったんですか？」

「ええ。学生時代はネクラの夕子で通っていたし、みどりさんからも、もっと明るくしないと、男の子から嫌われるよって、いつもいわれるんです」

「それは、同性のひがみですよ。あなたが美し過ぎるから、彼女たちが、わざと意地悪くしているんですよ。これは、間違いありません」

「そんな――」

「そうですって」

「今度は、久我さんのことを話してくださらない？」

「昨日、ペンションで、いろいろと喋ったような気がするんだけど」

「まだ、話してくださっていないことがありますわ」

「何かな？」

「久我さんの恋人のこと。どんな人なのか、興味があるわ」

「いませんよ」

「なぜ？」

夕子は、じっと久我を見つめた。

久我は、なぜか、ひとりで狼狽《ろうばい》して、

「いないんですよ。本当に、いないんです」

と、くり返した。

別に強調するようなことでもないのに、夕子の前では必死に強調したくなってくるのだ。

「よかった――」

夕子が小声でいって、ニコリと笑った。

「よかったって、何が――？」

一つの答えを期待して、久我がきいた。

「久我さんと、お友だちになりたかったから」

期待していたのはもう少し甘い言葉だったのだが、それでも久我は嬉《うれ》しかった。

「僕もぜひ、友だちになりたいな。名刺をあげておきますから、会社のほうへも訪ねてきてください。近くに美味《うま》いコーヒーを飲ませる店があるから、昼休みでも、退社後でもつき合いますよ」

と、夕子がいった。

久我は、ポケットから名刺を出して、夕子に渡した。

彼女が会社に訪ねてきたら、同僚はきっとびっくりするだろう。羨《うらや》ましがらせてやりたい。どこで知り合ったんだときかれたら、どう返事してやろうか。

そんな楽しい想像が、久我の頭に浮かんだりした。

電車がいくつの駅に停車したのか、久我は覚えていなかった。

――次の天竜峡で、十七分停車いたします。

という車内放送があった。

「ちょっと、降りてみませんか」

と、久我は、夕子にいった。

# 4

久我たちの乗った上りの電車が、先に着いた。

単線なので、ここで上りと下りが、すれ違うのだ。それで、停車時間が長いのだろう。

ホームに降りた久我は、思い切り大きく伸びをした。

そんな久我を、夕子は、微笑しながら見ている。

「今度、天竜下りの舟に乗りにきませんか」

と、久我は、夕子を誘った。

「みどりさんも、喜ぶと思いますわ。起こしてきましょうか?」

夕子がきく。

「あなたと二人だけで、今度はきたいんですよ」

「え?」

「彼女は、寝かせておいてやりなさい」

「ええ」

「ちょっと、改札口を出てみませんか？」

「でも、時間が――」

「大丈夫ですよ」

と、久我は、いった。

下りの辰野行の電車が、近づいてくるのが見えた。

あとから着いた下りのほうが、先に発車し、その十分後に、上りが発車する。

「いきましょう」

久我は、強引に彼女の手をつかみ、改札口に向かって歩き出した。細く冷たい指先だった。

切符は、途中下車の印をつけてもらって、改札口を出ると、駅前には観光地らしく、土産物屋《みやげものや》や食堂が並んでいる。

歩いて五分で、天竜峡である。

そこから少し歩くと、有名な天竜下りの舟の乗り場がある。

二人は、駅前の土産物屋をのぞいた。時間に追われているので、久我は何を買っていいかわからず、結局、自分と彼女たちのために、絵はがきを何組か買った。

すぐ駅に引き返した。

ホームに戻ったとき、夕子は息を弾ませ、上気《じょうき》した顔になっていた。

「楽しかったわ」

夕子は息を弾ませながら、久我にいった。

その顔は、急に子供っぽく、可愛らしくなったように見えた。

久我は、一層彼女が好きになった。

二人が乗り込むと、ほとんど同時に、電車は天竜峡駅を発車した。

この先は、天竜川を堰止《せきと》めたダムが、続く。

まず、小さなダムが、車窓に見えてきた。

泰阜《やすおか》ダムである。堰止められたために、天竜川が細長い湖になっているように見える。

急に、小さなトンネルが多くなった。

トンネルとトンネルの間に、小さな駅がある。

平岡ダムを過ぎてしばらくすると、電車は、長野県から静岡県に入った。

この先に、有名な佐久間ダムがあるのだが、このあたりは、天竜川が飯田線から離れていくので、佐久間ダムは、電車からは見えない。

相変わらず、小さなトンネルがやたらに続く。

久我は夕子と二人で、一つ、二つと、トンネルを抜けるたびに数えていたが、二十、三十といくらでも続くので、途中で止《や》めてしまった。

通りかかった車掌にきくと、百五十以上の小さなトンネルがあるのだという。

それをきくと、夕子がクスクス笑って、

「そんなに数えていたら、疲れちゃうでしょうね。途中で止めて、よかったわ」

「同感」

と、久我もいった。

彼女の美貌《びぼう》を見ているのが、楽しいのだ。

こんな気分になったのは、久我にとって二度目である。一度目は、初恋の時だった。

久我は、初恋の時と同じような、胸のときめきを覚えていた。

天竜川と別れて、しばらくして本長篠《ほんながしの》駅に着いた。

このあたりにくると、トンネルも少なくなり、周囲の景色も変わってくる。

深い山峡から、やっと抜け出すからである。

「そろそろ、彼女を起こしてきますわ」

と、夕子が腕時計を見て、いった。

「終点の豊橋へ着いたら、いやでも起きてきますよ」

久我は、いった。

それでも、夕子は席を立って、隣の車両に、迎えにいった。

久我が腕時計を見ると、あと十分ほどで、十一時である。

終着の豊橋駅が一一時一六分着のはずだから、夕子が起こしにいった理由も、わからなくはなかった。

それでも久我は、これで彼女と二人だけの時間がなくなってしまって、残念な気がした。もっと夕子自身について、いろいろときいておきたかったことが、あったような気がしたからである。

夕子がみどりと一緒に、戻ってきた。

みどりのほうは、しきりに眼をこすっている。

並んで久我の前に腰を下ろすと、みどりが、

「ごめんなさい。眠っちゃって」

「いいですよ。眠いのは、当然だもの」

「私って血圧が低いから、朝早く起きると、身体がぐったりしてしまって」

みどりは、ベラベラと喋り始めた。

そんな彼女を、夕子のほうは、にこにこ笑いながら、見ている。

久我のほうは、一応微笑はしていたが、

（ここまで、寝てくれていて助かったな）

と、思っていた。

みどりを、悪い女とは思わない。明るくて楽しい女なのだが、夕子に惚れてしまった久我には、ちょっとうるさい女に映るのだ。

電車は、平野部に入っていた。

眼の前に迫っていた山脈《やまなみ》も、視界から消えてしまった。

豊川に着いた。

豊川稲荷《いなり》で有名なところである。

辰野からずっと単線だったのが、ここからやっと複線になる。

駅と駅の間の距離も長くなってくる。

豊橋には、予定どおり一一時一六分に着いた。

小さな駅ばかり七時間も見てきたので、豊橋のステーションビルは、いかにも巨大に見えた。

「私たちは、これから東京に帰りますけど、久我さんは？」

と、夕子がきいた。

「僕は、休暇があと一日余っているから、久しぶりに京都へでもいってみますよ」

「ごめんなさい。私たちのために、予定を狂わせてしまって」

夕子が、詫《わ》びた。

「とんでもない。行き当たりばったりの旅行が好きなんです」

と、久我はいった。半分は本音だったが、半分は、夕子に好かれたいためのセリフだった。

東京に帰る二人を、新幹線の上りホームに見送ってから、久我は、下りのホームに移っていった。

「こだま」に乗る。

五年ぶりに京都へいくことになった。

5

京都は、好きな町だった。それなのに久我は、清水寺、金閣寺、御所、南禅寺と歩き回っても、楽しくなかった。

豊橋で別れた夕子の顔が、ちらついて離れないからである。

（いっそ、一緒に東京へ帰ったほうがよかったな）

と、久我は思ったりした。

（本当に、彼女が好きになってしまったらしい）

とも、思う。

京都駅前の旅館に泊まることにしたが、もう京都にいる気になれず、久我は夕食をすませたあと、あわただしく勘定をしてもらって旅館を出た。

二〇時一四分京都発の「ひかり106号」に乗った。

東京に着いたのは、二三時〇四分である。

おかしなものだった。夕子がいる同じ東京に着いたことで、久我はいらいらが直っていた。

中野のマンションに着くと、久我は、手帳を取り出した。

夕子とみどりの住所と、電話番号が書いてある。みどりのほうには関心はないのだが、夕子にだけ、住所や電話番号をきくわけにはいかなかったのである。

（明日にでも、電話してみよう）

と、久我は思った。

それを楽しみに、久我は眠った。

翌日、久我は出社すると、昼休みに二人の勤めている太陽興産へ電話してみた。総務部長秘書の若宮夕子さんをというと、今日はきておりませんという返事が、かえってきた。

休んでいる理由も、わからないという。

仕方がないので、久我は会計課に回してもらったが、ここでも、みどりは今日は休みだといわれた。

「病気ですか？」

「連絡がないので、わかりません」

事務的な声が、戻ってきた。

久我は、急に心配になってきた。二人揃《そろ》って会社にきていないというのは、何かあったとしか思えなかった。

自宅の電話番号もきいてあったので、久我は、夕子の自宅のナンバーを回してみた。だが、ベルは鳴っているのだが、彼女は、電話に出なかった。

みどりの自宅にかけても、同じだった。

いくら鳴らしても、誰も電話に出ないのだ。

これはもう、彼女たちの身の上に、何かあったとしか思えなかった。

久我は、だんだん不安になってきた。さまざまなことが、頭をかけめぐった。

自動車事故とか、誘拐といった嫌な言葉が、久我を怯《おび》えさせた。

昼休みがすんでも、仕事が手につかなかった。

早退して、二人の自宅を訪ねてみようかとも思った。いや、これは正確ではない。

みどりのほうは、あまり心配しなかった。心配だったのは、もっぱら夕子のほうだった。

だが、休暇を貰《もら》って、旅行をしてきたばかりである。

出社したとたんに早退は、しにくかった。

五時まで会社にいて、急いで夕子の自宅を訪ねてみることにした。

彼女が教えてくれた自宅は、小田急線の経堂《きょうどう》にあるアパートだった。

アパートは、すぐ見つかった。

その二階の角《かど》部屋に「若宮夕子」と、小さく書いてあった。

彼女は、嘘《うそ》を教えたわけではなかったのだ。

久我は、ドアの横についているベルを押してみた。

部屋のなかで、甲高く鳴っているのがきこえた。

だがいっこうに、夕子が現れる気配がなかった。

（ひょっとして部屋のなかで、彼女は殺されているのではないだろうか？）

久我は、そんなことまで考えてしまった。

確か、そんな小説だったか映画が、あったような気がした。

旅先で会い、好きになった男が東京に戻ってから、彼女のマンションを訪ねる。ところが、彼女は殺されていた。そんな出だしの小説か映画だった。

久我は、ドアのノブに手をかけた。小説か映画のストーリーでは、ドアに錠がかかってなくて開いてしまい、男がなかをのぞきこんで、死体を発見するのである。

だが、現実のここでは錠がかかっていて、ドアは開かなかった。

久我は、腕時計を見た。

午後六時になったところである。

（近くで時間をつぶして、もう一度きてみよう）

と、久我は思い、駅の傍《そば》にあった喫茶店へ、コーヒーを飲みにいくことを決めた。

久我が階段をおりたとき、ちょうど入口を入ってきた二人の男が、おやっという顔で久我を見た。

「久我さんじゃありませんか？」

と、一人がきいた。

「なぜ、知ってるんです？　僕は、あなた方を知らないけど」

「ああ、失礼」

もう一人がいい、ポケットから警察手帳を見せた。

久我の顔色が、変わった。夕子かみどりの死体が発見され、犯人と思われる人間を警察が捜しているのではないかと、思ったからである。

「若宮夕子さんのことですか？」

と、久我はきいた。

「それと、小林みどりの二人のことですよ」

「どんなことなんですか？　思わせぶりはやめて、ずばりといってください」

久我は眼をとがらせて、二人の刑事を睨《にら》んだ。

「若宮夕子さんを、訪ねてきたんですか？」

と、刑事の一人がきいた。

やたらに質問するばかりで、いっこうに、久我の質問には答えてくれない。それが警察のやり方なのだろうが、久我は不愉快だった。

「そうです。彼女がどうかしたんですか？　何かあったんですか？」

久我は、重ねてきいてみた。

「彼女は、無事ですよ」

と、やっと片方の刑事がいってくれた。

久我は、ほっとした。

「それなら、いいんですが、今、どこにいるんですか？」

「警察にきてもらっています」

「なぜ？　彼女が、何かやったんですか？」

「一緒に、きてもらえますか？」

と、刑事の一人がいう。

またこちらの質問には答えず、向こうが一方的に、きいてくる。

「どこへですか？」

癪《しやく》に障るので、久我も質問を連発してやった。

「それに、どうなるんですか？」

刑事二人は、顔を見合わせてから、

「若宮夕子と小林みどりのことで、あなたに、おききしたいことがあるのですよ」

と、いった。

## 6

久我がパトカーに乗せられて連れていかれたのは、桜田門の警視庁だった。

この巨大な建物に入るのは、久我は初めてだった。

久我が通されたのは、応接室である。

二人の刑事に代わって、十津川《とつがわ》という警部が、応対した。

「どうも、わざわざおいでいただいて、恐縮です」

と、十津川は丁寧にいった。

「それはいいんですが、なぜ、僕が連れてこられたのか、まず、それから説明してください。それに、彼女はどうなったんですか？」

「それを、これから説明します。その前に、こちらが――」

と、十津川は、彼と一緒にきた三十歳ぐらいの男を、

「愛知県警の真田《さなだ》刑事です」

と、紹介した。

「真田です」

と、相手は、ぶっきらぼうにいった。

久我も、小さく頭を下げた。

いぜんとして、久我にはここへ連れてこられた理由がわからないし、愛知県警の刑事が、なぜ自分に挨拶《あいさつ》したのかもわからなかった。

「六月二十四日の昼頃、名古屋のホテルで、初老の男の死体が発見されました」

と、十津川が改まった口調で、いった。

久我は、それがどう自分に関係してくるのだろうと、眉《まゆ》をひそめてきいていた。

二十四日どころか、ここ何年か、名古屋にはいっていなかった。

「男の名前は、青柳恒夫《あおやなぎつねお》で、東京の新宿で中堅のサラリーローンの会社をやっている人間です」

「サラ金ですか？」

「まあ、そうです。この会社のやり方は、ＯＬに狙《ねら》いをつけて、独身のＯＬに大金を融資するというやり方でしてね。ずいぶん、そのために泣かされたＯＬがいるわけです」

「暴利をとるんですか？」

「法定内の利息ですが、独身のＯＬというのは独身貴族といって、競って海外旅行をしたり、高いブランドものを買ったりしますからね。どうしても、お金が欲しいわけです。その虚栄心につけこんで、大金を貸しつけるわけです」

「それで、どうなるんですか？」

「返済不可能になるＯＬが、出てきます。青柳は、同じ新宿でソープランドもやっていましてね、名義は別人になっていますが、青柳が本当の経営者であることは、明らかです。金を返せなくなったＯＬは、会社を辞《や》めて、このソープランドで働いて返済することになります」

「そんなの、ひどいじゃありませんか。なぜ、警察は逮捕しないんですか？」

久我がいうと、十津川は、

「そうしたいのですがね。やり方は、あくまで合法的ですからね。青柳は法定内の利息しかとっていないし、ＯＬは、一応自発的に会社を辞め『さくら』というソープランドで働くわけですからね」

「形なんか、どうでもいいじゃないですか？」

「警察は、正義感だけで動くわけにはいかんのですよ」

と、十津川は苦笑した。

「それで、その男が殺されたことと、若宮夕子さんと、どう関係してくるんですか？」

久我は、先を促した。

7

「ソープランド『さくら』では、元一流企業の美人ＯＬが皆様にサービスしますという謳《うた》い文句で、はやっていたんです。先月の十八日に、この店の女が、一人自殺しました。前は、太陽興産で働いていた新井由紀《あらいゆき》という二十五歳の女性です」

「太陽興産――？」

それなら、若宮夕子や小林みどりが勤めている会社ではないか。

「そうです。太陽興産です。ところで、名古屋のホテルで殺された青柳ですが、どうも、女に殺されたと思われるんです」

十津川がいうと、それまで黙っていた愛知県警の真田刑事が、

「寝巻姿のまま、背後から十カ所以上も刺されて、殺されていたからです」

「それで、うちが協力して捜査することになったんですが、自殺した新井由紀と、とても仲のよかった二人のＯＬがいたことが、わかりました」

と、十津川がいった。

「若宮夕子さんと、小林みどりさんですか？」

　やっと久我にも事態が呑《の》み込めてきた。

「そうです」

　と、十津川は肯いてから、

「昨日から今日にかけて、二人にきてもらって、いろいろときいているわけです。二人とも、青柳恒夫を殺した覚えはないと否定しています」

「当然ですよ。彼女たちは人殺しなんかできませんよ」

「久我さんは前から、二人を知っているんですか？」

「いや、二十三日に諏訪湖のペンションで知り合って、二十四日に一緒に飯田線に乗っただけですが、人柄は、わかりますよ」

「青柳恒夫は、二十四日の午前九時から十時までの間に、殺されています」

　愛知県警の真田刑事が、横からいった。

　それを、十津川が引きとって、

「問題は、その間のアリバイということになるわけです。若宮夕子と小林みどりは、その時間には飯田線に乗っていたといっているんですよ。そして、証人は旅先で一緒になったあなただというわけです。それで、あなたを探していたんですよ」

と、いった。

これで、すべてが呑み込めたと、久我は思った。

久我は、微笑した。

「彼女たちのいうとおりです。三人とも、その時間には飯田線に乗っていましたよ」

「間違いありませんか？」

真田刑事が、きつい眼で久我を見つめた。

久我の言葉を、信じていない表情だった。

久我は、そんな相手の表情に反発を覚えながら、

「間違いありませんよ。ぼくは、彼女たちと一緒に乗っていたんですから」

「辰野から乗ったんですね？」

「そうですよ。彼女たちが、いったでしょう？」

「そうですが、あなたからも、直接ききたいんですよ」

と、真田はいった。

「辰野から乗りましたよ。午前四時四八分発の豊橋行の電車です。各駅停車の電車です」

久我がいうと、真田は眉を寄せて、

「いやに早い時間に乗ったんですね」

「いけませんか？」

「いけなくはありませんが、その電車に乗ろうといったのは、あなたですか？　それとも、彼女たちですか？」

「彼女たちです」

「やっぱりね」

「何が、やっぱりなんですか？　午後二時までに東京に戻らなければならないと、いっていました。そうなると、午前四時四八分の電車に乗るより仕方がないんです」

「朝早く起きるのが、辛《つら》くはありませんでしたか？」

「少しは辛かったですが、楽しい旅でしたよ。飯田線というのは、天竜川沿いに走っていて、景色が美しいですからね」

「そして、豊橋まで乗ってきたんですね」

「ええ。豊橋で、彼女たちと別れたんです」

「豊橋着は、何時でした？」

「定刻どおりだから、——一一時一六分です。ねえ、刑事さん。僕は、嘘はついていませんよ。別に、嘘をつかなければならない理由は、ありませんからね」

久我がそんなことをいったのは、真田刑事の態度が、癪に障っていたからである。この刑事は明らかに、久我の話を疑ってかかっているのだ。

真田は、まだ顔をしかめたままで、

「彼女たちの一人が、飯田線に乗らなかったということはありませんか？」

と、なおも質問した。

「なぜ、一人だけ乗らずにいるんですか？」

と、久我はきき返してから、

「ああ、一人が飯田線に乗らずに、名古屋へいって、何とかいう男を殺したと思っているんですね？」

「青柳恒夫です。もう一度ききますが、二人とも、間違いなく飯田線に乗ったんですね？」

「乗りましたよ。そうだ。彼女たちの写真を撮りましたよ。近所の写真屋に出してあるから、持ってきましょう。そろそろできているはずだから」

「それは、われわれが持ってきます」

真田刑事が、堅い表情でいった。

「僕を信用しないんですか？」

久我は呆《あき》れて、相手の顔を見てしまった。

だが、真田刑事はその質問には答えずに、

「その写真店の場所を教えてください」

と、いった。

8

久我は今度の旅行で、三十六枚撮りのフィルムを三本撮っていた。

松本と京都の写真が主で、彼女たちを撮ったのは十二枚だけだった。

諏訪湖のペンションで撮ったものが五枚、飯田線の辰野駅でが二枚、車内二枚、天竜峡駅で降りて、土産物店で買い物している夕子を一枚、そして、豊橋駅でが二枚である。

真田刑事が、その十二枚を机の上に並べた。

警視庁の十津川警部は、黙って見守っている。

「これ以外に、彼女たちを撮った写真はありませんか?」

と、真田がきいた。

久我は笑って、

「初めて、諏訪湖のペンションで会ったんですよ。そんなにパチパチ撮ったら、失礼じゃないですか。だから、遠慮したんです」

「この車内の写真ですが、間違いなく、六月二十四日に撮ったものですね？」

「他の日のはずがないじゃありませんか。二十三日に諏訪湖のペンションで泊まって、二十四日に乗ったんですよ。他の日に乗っていたら、二十四日に京都へいけないじゃありませんか」

久我は、肩をすくめた。

真田刑事は、じっと写真を見つめていたが、

「ここに、若宮夕子がひとりで、土産物店にいるのが写っていますね」

と、その写真を手にとった。

「ああ、それは天竜峡駅で停車時間が十七分もあったんで、駅の外へ出てみたんです。駅前の土産物店で、絵はがきを買いましたよ」

「天竜峡駅着は、何時ですか？」

「七時半頃だったと思いますがねえ」

と久我がいうと、黙ってきいていた十津川が、

「七時三六分着で、七時五三分発だよ」

と、いった。

真田刑事は「ありがとうございます」と、十津川にいってから、また久我に向かって、

「ここには、若宮夕子しか写っていませんね。もう一人の小林みどりは、どこで、何をしていたんですか？」

と、きいた。

「車内で、寝ていましたよ」

「寝ていた？」

「ええ。彼女は低血圧で、朝が弱いんです。四時四八分の電車に乗るために早起きしたので、眠くなって、車内で寝てしまったんです」

「ずっと、寝ていたんですか？」

「僕は、終点まで寝かせておいてやりなさいといったんですが、若宮夕子さんが、途中で起こしてしまいましたよ。だから、豊橋で撮ったとき、小林みどりさんは不機嫌そうな顔をしているんです」

と、久我はいった。

豊橋駅で、彼女たちを新幹線の上りホームまで送っていき、写真を撮ったのだが、よく見ると、久我のいうとおり、夕子はにこにこしているが、みどりのほうは顔をしかめている。

「この写真を、しばらくお借りしていいですか？」

最後に、真田刑事がきいた。

# 第二章　愛の深まり

## 1

　翌日、夕子から、会社にいる久我に電話が入った。

「釈放されたんですね」

　と、久我はいった。

「ええ。久我さんのおかげですわ。みどりさんも喜んでいます」

「とにかく、よかった。お祝いしなきゃいけませんね」

「それで、今日、夕食を一緒にしていただきたいんですけど」

「喜んで。僕がいい店を知っているから、おごりますよ」

　久我がいうと、夕子は、

「今日は、私と彼女に、ご馳走《ちそう》させてください」

と、いった。

あまりに、彼女が強くいうので、久我は、ご馳走になることになった。

二人が久我を招待してくれたのは、新宿歌舞伎町近くの「天仁」という天ぷらの店である。

夕子がひとりできてくれればと思ったが、それもこれからの楽しみにとっておこうと思った。

みどりだって、いい娘なのだ。

二人は、改めて久我に礼をいった。

「久我さんと一緒でよかったわ。私たち二人だけで飯田線に乗っていたといったら、あの真田って刑事は、信用してくれなかったと思うわ」

みどりは、憤懣《ふんまん》やる方ないという顔で、久我にいった。

「ああ、あのしつこい刑事ね」

「頭から、私たち二人が青柳という社長を殺したと、決めてかかってるのよ」

「しかし、もう大丈夫ですよ。あなたたちのアリバイは、成立したんだから」

久我は、励ますようにいった。

しかし、みどりは、眉をひそめて、

「でも、あの刑事は、なかなかあきらめないと思うわ」

「僕はいつでも、あなたたちのアリバイの証人になりますよ」

と、久我はいった。

夕食が終わると、みどりが用があるといって、先に帰ってしまった。

夕子は、クスクス笑って、

「彼女、気をきかせてくれたんだわ」

「へえ」

「彼女ね、私が久我さんを好きなことを、知ってるみたいだから」

「本当なの？」

「彼女のこと？」

「いや。君が、僕を好きになってくれているってこと」

「私自身にも、自分の気持ちがよくわからないんです。私って、男の人に対して昔から引っ込み思案で。男の人に向かって、好きになったっていったのは、今度が初めてなんです」

夕子は、顔を伏せたままいった。

声が、そのためにくぐもっていた。

一瞬、久我は彼女の身体を抱きしめたい衝動にかられたが、それを抑えて、

「飲みにいきませんか、今度は、僕がおごりますよ」

「いいんですか？」

「もちろんです。なぜ、そんなことを、きくんですか？」

「私って、一緒に飲んでも、あまり面白くない女だから――」

「そんなこと、ありませんよ。あなたが黙って一言もいわなくたって、僕は、いいんだ。一緒にいられると、楽しいんですよ」

「本当ならいいんですけど」

「あなたみたいな美人が、そんなに自信がないなんて、不思議だな。もっとも、そんなあなたが好きなんですけどね」

と、久我はいった。

久我は、彼女をいきつけの店へ案内した。

小さいが、しゃれた静かな店である。

歩いている途中で、急に夕子が、

「ついてくるわ」

と、小声でささやいた。

「え？」

「あの真田という刑事さん。私たちを、つけてきているの」

「本当？」

久我は、ちらりとうしろを見た。

その視界のなかで、確かにあの真田刑事が動くのが見えた。

久我は、腹が立った。

「ぶん殴ってやろうかな」

久我が声に出していうと、夕子はあわてて、

「構わないで。放っておきましょう」

「しかし、まだあなたを疑っているんだ」

「仕方がありませんわ。刑事さんは、疑うのが仕事ですもの」

二人は「アマン」という店に入った。

「あら、お久しぶりね、久我ちゃん」

と、ママが声をかけてきた。

カウンターとテーブルの両方ともあいていたので、久我は、奥のテーブルのほうに

腰をかけた。

夕子は、意外に酒が強かった。

それが、久我には嬉しかった。一緒に酔える女性というのは、楽しい。

ママが、女性向きのカクテルを持ってきて、

「これ、私のおごり」

と、二人の前に置いてから、

「この人が、久我ちゃんの恋人？」

「まだ、そこまでいってないよ」

久我は、あわてていった。

夕子は、黙ってにこにこ笑っている。

「久我ちゃんって、いい人なの。時々、わざと悪ぶるときもあるけど、根は、人がよすぎるくらいなのよ」

ママは、そんなことを夕子にいう。

「よせよ」

と、照れて久我がいった。

ママは「ごゆっくりね」といって、カウンターの奥に戻っていった。

「余計なことをいうんだ。あのママさんは」

久我は照れていい、カウンターのほうに眼をやったが、その眼が、急に動かなくなってしまった。

カウンターの端に、真田刑事が腰を下ろしていたからである。明らかに、夕子を尾行して、店まで入ってきたのだ。

むっとしたが、夕子本人が楽しそうにしているので、自分を抑えた。

## 2

十時過ぎまで飲んで、久我は、夕子を送っていった。

真田刑事は、いつの間にか姿を消していたが、だからといって、警察が尾行をあきらめたとは、思わなかった。刑事が、交代したのかもしれなかったからである。

小田急線の経堂に着き、アパートまで歩く。

だんだん、二人とも口数が少なくなっていった。

久我は胸のなかで、夕子に対する愛が高まっていくのを感じていた。そのために、かえって口数が少なくなってしまっていたのである。

アパートの近くの暗がりにきて、久我は思い切って、夕子の身体を抱き寄せた。

かすかな抵抗があった。が、唇を近づけても、夕子は身体をかたくして、眼を閉じていた。

唇が合わさった。

久我は、しばらくそのままにしていた。

甘美な時間だった。

唇が離れると、夕子は、さっとアパートに向かって、駆け出していった。

久我が、あっけにとられるような速さだった。

夕子は、アパートに入ったところで立ち止まり、久我に向かって、小さく手を振った。

翌日、久我は会社の帰りに、警視庁に立ち寄った。

夕子は仕方がないといったが、どうにも、尾行されるのが、気に食わなかったからである。

愛知県警の真田刑事に会いたいと申し入れたのだが、出てきたのは、十津川警部だった。

久我が、昨夜、尾行されたことに文句をいうと、十津川は、

「歩きながら、話しませんか」

と、いった。

二人は、警視庁前の大通りを渡り、皇居の堀端の散歩道を、有楽町の方向へゆっくり歩いていった。

時々、マラソンをしている青年が、二人を追い越していく。

「真田刑事は、仕事に熱心なんです」

と、歩きながら十津川がいった。

「しかし、勝手に尾行していいということには、ならないでしょう？　とにかく不愉快ですよ。まるで、犯人扱いだ」

「申しわけありません」

十津川は、素直に詫びた。

「もう、彼女たちが名古屋の殺人事件に無関係なことは、証明されたはずですよ。青柳という人が名古屋で殺されたときには、彼女たちは、飯田線の車中にいたんだから」

「そうですね」

「もう、尾行は、やめてもらえますね？」

「真田刑事には、よくいっておきましょう」

「そうしてください」

「久我さんは、彼女が好きなんですか？」

突然きかれて、久我は狼狽しながら、

「誰のことですか？」

「若宮夕子さんは、物静かだし美しい。あなたが好意を持っても、不思議はありませんね」

「そういうことはプライバシーで、あれこれ警察に口を挟まれることじゃないと思いますがね」

「そのとおりです。しかし若宮夕子さんは、われわれがマークしている人物です。ある程度調べるのは、許してください」

「しかし、警部さん。彼女たちのアリバイは成立したんですよ。なぜ、まだ尾行なんかするんですか？」

久我は激しい口調で、十津川にいった。通りかかった女性が、びっくりした顔で二人を見ていった。

「青柳恒夫を殺しそうな人間を、全員調べているんですがね。どうしても、彼女たちが一番、怪しくなってくるんです。それに、青柳恒夫がちょうど名古屋にいっているときに、彼女たちも近くまでいっている。そのことに、引っかかるんですよ」

「そんなことをいったら、たまたま被害者の近くにいた人間は、すべて疑われてしまうじゃありませんか。それに、名古屋と飯田線じゃ、かなり離れていますよ」

「そうですね」

「いやに、素直なんですね」

久我が苦笑すると、十津川は頭をかいて、

「実は、われわれも困っているんです。あなたの証言で、彼女たちにはしっかりしたアリバイが生まれた。あなたが、嘘をついているとも思えない。それでいて、他に犯人らしい人間もいない」

「しかし、サラ金の社長なんでしょう？　それなら、青柳という人を恨んでいる人間は、たくさんいるんじゃありませんか？」

「そうなんですが、これはという人物には、すべて確かなアリバイがありましてね」

「それなら、彼女たちも同じでしょう？　確かなアリバイがあるんですから。それなのに、なぜ彼女たちだけ、尾行をつけるんですか？」

「確かに、久我さんのいわれるとおりですよ。だから、もう尾行はさせません。それは約束します」
「しかし、まだ彼女たちを疑っているんでしょう?」
「犯人は、どこかにいるはずですからね」
「何だか、答えになっていませんね」

## 3

久我は、尾行を止《や》めるように十津川警部にいったことは、夕子には黙っていた。恩着せがましくとられるのが、嫌だったからである。

翌日、彼女たちの会社に昼休みに遊びにいき、二人と一緒にお茶を飲んだ時も、何もいわなかった。

それでも、夕子は夜になって、久我に電話をかけてきた。

「久我さんが、警察にいってくださったんでしょう?」

と、夕子は電話でいった。

「何を?」

「尾行は、止めろって」

「尾行がつかなくなりましたか？」

「ええ。ありがとう」

「ちょっと義憤にかられて、文句をいってやっただけですよ。十津川という警部は話がわかって、中止すると約束してくれたんですよ」

「助かりましたわ。みどりさんも、ほっとしているみたい。容疑者扱いされると、気持ちが滅入ってきますもの」

「わかりますよ」

「明日、どこかでお会いしたいんですけど」

「僕も、会いたいですね。会社が退《ひ》けたら、新宿でどうですか？」

と、きき、会う場所と時間を決めて、電話を切った。

少しずつだが、夕子との距離が近づくのが感じられて、久我は満足だった。

その夜、久我は眠ってから、夕子の夢を見た。幸福な夢だった。彼女とハワイへ旅行する夢だった。奇妙なことに、ハワイなのに、小さな電車が走っていて、二人でそれに乗っているのである。

眼をさますと、午前二時を回ったところだった。

ふと、彼女に電話をかけたくなって、ダイヤルを回した。

「もし、もし」

　という、彼女の声がきこえた。

「こんな遅く、ごめんなさい」

　久我がいうと、夕子は、ふうっと小さく息をついて、

「よかった。久我さんで」

「どうしたんですか？　何かあったんですか？」

「そうじゃないんだけど、女が一人で住んでると、時々、いたずら電話がかかってくるんです。さっき、久我さんに電話したでしょう」

「ええ」

「そのあとすぐ、電話がかかったんです。てっきり久我さんだと思って、浮き浮きして電話に出たら、無言電話だったんですわ」

「けしからんな」

「それで、今も警戒して出たんですわ。久我さんで、よかった」

「もう、寝たかと思ったんですが、急に声がききたくなってしまって」

「こんな声でよければ、いつでもおきかせしますわ」

　夕子は珍しく弾んだ声で、冗談をいった。

# 4

翌日、退社時刻が近づいて、久我が帰り仕度を始めたとき、電話がかかった。

受話器を取ると「私です」という、夕子の声がきこえた。

ひどく、沈んだ声だった。

「どうしたんですか？　何かあったんですか？」

「ごめんなさい。今日、いけなくなってしまったんです」

「なぜですか？」

「今、刑事さんがきて、一緒にきてくれといわれたんです」

「またですか？　何という刑事です？」

「ここにいらっしゃるのは、亀井《かめい》という刑事さんですわ」

「その刑事を、電話口に出してくれませんか」

久我がいうと、電話の向こうで、小声で何かいっているのがきこえていたが、急に中年の男の声に代わった。

「捜査一課の亀井です」

「いい加減にしなさいよ」

「何のことですか?」

「十津川という警部さんに、よくいったんですよ。若宮夕子さんと小林みどりさんには、ちゃんとしたアリバイがあるのですよ。なぜアリバイがあるのに、二人を追い回すんですか？」

「それは、名古屋の殺人事件のことを、おっしゃっているんでしょう？」

「違うんですか？」

「昨夜おそく、世田谷区太子堂のマンションで、羽田岩男《はだいわお》という男が殺されたのです。今日、事情をきこうとしているのは、その事件についてなんですがね」

「羽田岩男？　何者ですか？」

「新宿の『さくら』というソープランドの支配人ですよ」

「ああ。それは、前に殺された青柳恒夫という人がやっていた店なんでしょう？」

「そうです。昨夜、殺された羽田は若いんですが、青柳の片腕で、相当あくどいことをやっていた男です」

「その男を、彼女たちが殺したというんですか？」

「その疑いがあるので、事情聴取をさせてもらうわけですよ。くわしいことは、世田谷署へきてもらえば説明しますよ」

と、亀井刑事はいった。

何となく、久我はわかったような気がした。が、すべてが理解できたわけではなかった。

久我は退社すると、その足で世田谷警察署に向かった。

ここでも、十津川警部に会った。

相変わらず落ち着いた態度で、久我にくわしい事情を説明してくれた。

昨夜、殺された羽田岩男は、年齢三十六歳と若かった。青柳に頼まれて、ソープランド「さくら」を委《まか》されていた。

青柳から金を借りて返済できなくなったOLを「さくら」で働かせていたのだが、羽田は、細面《ほそおもて》で女性的な顔をしていたのに、冷酷で、かなり彼女たちを痛めつけていた。

自殺した新井由紀も、羽田に痛めつけられていたという。

「羽田に殴られたりしたことも、自殺の理由の一つだろうといわれていたんです」

と、十津川はいった。

「それで、若宮夕子と小林みどりの二人が、仇をとったと思われるんですか？」

久我が、きいた。

「そうですね。彼女たちは、親友の新井由紀を自殺に追い込んだのは、青柳と羽田の二人だと思っていた節があるんです。まず、名古屋で青柳を殺し、次に、昨夜マンションで羽田を殺したのではないかと、考えているわけです」

「女の犯行と、なぜわかるんですか？　男が殺したかもしれないじゃないですか？」

と、久我はきいた。

「二人とも、背後から殺《や》られているんですよ。それも、背中を刺されているんです。つまり、相手は油断して、犯人に背中を向けていたわけです。あの二人の男が、背中を向ける相手といえば、女しか考えられません」

「昨夜の何時頃、殺されたんですか？」

久我は、きいてみた。

「午後十時から十一時の間ですよ」

「その頃、若宮夕子は僕に電話をかけていましたよ」

「本当ですか？」

十津川は、びっくりした顔できいた。

「十時半頃に、電話してましたよ」

「どのくらいの時間ですか？」

「十分ぐらいじゃないかな」

「そうですか」

十津川は、考え込んでしまった。

「小林みどりさんのほうは、どうなんですか？　彼女にも、アリバイはあるんじゃありませんか？」

「彼女は、調べた結果しっかりしたアリバイがあることが、わかりました。彼女は、昨夜は久しぶりに学校時代の友だちと会って、夜の十二時まで一緒に飲んでいたというわけです。これは、確認しました」

「じゃあ、二人ともアリバイがあるんじゃありませんか」

「いや、若宮夕子のほうは、まだアリバイが確定したわけじゃありませんよ。羽田岩男の死亡推定時刻は、十時から十一時と、一時間の幅がありますからね。十時半に電話があったとしても、それがすぐ、アリバイとはなりませんよ。羽田のマンションと彼女のアパートは、同じ世田谷区内ですからね」

「しかし、十津川さん。二人は、青柳を殺してないんでしょう？　それなのに、なぜ羽田を殺さなければならないんですか？」

「だから、慎重に調べますよ。簡単に、断定はしませんよ」

と、十津川は約束してくれた。

## 5

小林みどりも若宮夕子も、その日のうちに帰された。

久我は、二人のためのお祝いのパーティを設けた。

パーティといっても、小さな日本料理屋の小さな部屋を借りて、三人で食事をしただけのことである。

いつもの食事に比べれば、多少ビールの本数が増えたぐらいの違いだった。

「まず、何をおいても乾杯！」

と、久我は元気のいい声でいった。

みどりは、すぐ「乾杯！」と応じたが、夕子のほうは、あまり元気がなかった。

警察に容疑者扱いされたのだから、当然だろう。

「もう大丈夫ですよ」

久我は慰めるように、夕子に向かっていった。

「でも、警察はきっとあきらめずに、私たちにつきまとってくると思うわ」

夕子が、暗い眼でいった。

「私も、そう思うわ」

と、みどりもいった。

「警察なんて、人を疑うのが仕事だし、面子《めんつ》にやたらにこだわるでしょう。だから、まだまだうるさくつきまとうと思うわ」

「久我さんにも、警察がまたいくかもしれない。私たちのために、ごめんなさいね」

夕子が、小さく頭を下げた。

「僕は、平気ですよ。むしろ、面白がってるんだ。刑事とやり合うなんて、めったにないことだからね。いい経験なんだ」

久我は、嘘でなく、正直にいった。

もちろん、それが夕子のためでなかったら、刑事にいろいろときかれるのは、ただうるさいだけのことだったろう。

「そうなら、いいんですけど」

「僕はこう見えても、意外にタフなんですよ」

「あの真田っていう愛知の刑事は、うるさかったわね」

みどりが、吐き捨てるようないい方をした。

「あの刑事は、ただうるさいだけで、どうということはありませんよ。それより警視庁の十津川という警部は、にこにこ笑っているが、何を考えているのかわからないところがありますよ」

久我は、思い出しながらいった。

話が、嫌な思い出に入ってしまったのを感じて、久我はあわてて、

「それも、もう終わったんだ。今日は、元気に飲み、元気に食べようじゃないの。この店は、美味い焼酎もありますよ」

「私、それいただくわ」

と、夕子はいった。

みどりも欲しいといい、今度は焼酎で乾杯ということになった。

だんだん楽しい雰囲気になってきた。

久我は、めったに酔い潰《つぶ》れることはないのだが、今夜は、とにかく場を楽しくしようと思って、日頃になく喋り、杯を重ねたので、いつの間にか酔い潰れてしまった。

寝てしまったのは、覚えている。

夢を見て、夢の中では、酔ってはいけないと自分にいいきかせていた。変な夢だっ

た。

気がつくと、ベッドの上に寝かされていた。

眼を開けて、天井を見た。見覚えのある天井だった。

(自分で帰ったのかな？　それとも誰かに送ってもらったのだろうか？)

と、考えてから、今夜は夕子たちと一緒だったのだと思い出し、あわててベッドの上に起きあがった。

(不覚だ)

と、思った。あの二人を慰めるために、ささやかなパーティを開いたのに、自分が酔い潰れてしまったのである。

自分で嬉しくなって、飲み過ぎてしまったのだ。

頭が痛い。それをおさえるようにして、寝室を出て居間にいくと、ソファの上に夕子が眠っているのを見つけた。

(彼女が、送ってくれたのか)

と、思ったとたん、久我は胸が熱くなった。

そっと足音を殺して近づいた。

軽い寝息がきこえた。

久我はしばらくの間、夕子の寝顔を見ていた。

寝顔というのは、幼く見えるものである。

夕子は、整った顔立ちのせいで、年齢よりも、二、三歳はふけて見え、近づきがたい印象を与えるのだが、眼を閉じていると、長いまつげのために幼さが顔をのぞかせている感じだった。

いままで、かくれていた幼さなのだろう。

いつまで見ていても、久我はあきなかった。

（起きたとき、コーヒーでも淹《い》れておいてやろう）

と、久我は思い、キッチンでコーヒーをわかすことにした。

いい匂いが漂い始めたとき、背後で、夕子の起きあがる気配がして、

「ごめんなさい」

と、彼女がいった。

「いま、コーヒーを淹れるよ」

と、久我はいった。

「つい眠ってしまって、恥ずかしいわ」

「僕を、ここまで送ってくれたんだろう」

「みどりさんと一緒に、タクシーで送ってきたの。彼女は、二人であなたをベッドに寝かせたあと帰ってしまったんだけど、私はつい、ソファで眠ってしまって」

「そんなこと、気にすることはないさ。それよりコーヒーは好き？」

「ええ」

「じゃあ、よかった」

久我は、淹れたコーヒーを居間のテーブルに運んだ。

もう十一時を回っていて、マンションのまわりも、ひっそりと静かだった。

久我は、そうした静かななかで、夕子と二人だけでいることが、嬉しかった。酔い潰れるのも、いいものだ。

夕子に、砂糖を入れてやって、飲んだ。

「実は、酔っ払ってしまって、ぜんぜん覚えてないんだ。大変だったでしょう？　ここまで運んでくるのは」

「ええ」

と、夕子は笑った。

「不覚だったなあ。あなたの前で、醜態を見せてしまって」

久我は、頭をかいた。

「私の亡くなった父がお酒が好きで、いった先のお店で酔い潰れてしまって、母と私とで迎えにいったことが、よくありましたわ。父の亡くなったのは五年前ですけど、何となくそれを思い出してなつかしかった」

「酒を飲む人間に、悪人はいない。そう思って、勘弁してください」

「ええ。わかってます。父もいい人だったから」

と、夕子はいってから、腕時計に眼をやって、

「いけない。もう帰らないと――」

「泊まれないの？」

久我は、思い切っていってみた。

夕子の顔に、軽い戸惑いの色が現れた。そんなことをいわれるとは、思っていなかったのか。それとも予期はしていたが、それでも、あわてたのか。

「帰りますわ」

と、夕子は堅い声でいった。

「タクシーを、呼ぶよ」

「いいえ。まだ電車があるから、それに乗っていくわ」

と、夕子はいって、立ちあがった。

「じゃあ、駅まで送っていくよ」

「でも、大丈夫？」

「ああ、もう大丈夫さ」

久我は、わざと威勢よく立ちあがり、夕子を抱くようにして、マンションを出た。

外は少し涼しいくらいで、それが気持ちよかった。

久我は、わざと細い路地を選んで、歩いていった。

通行人の姿はない。

久我は勇気を出して、彼女の腰に手を回した。

彼女は、何もいわなかった。

ただちょっと、息遣いが荒くなったようだった。

夕子の柔らかい身体の、あたたかさや弾力が、直に久我の肌に伝わってくるような気がした。

駅の明かりが見えるところまできて、久我は立ち止まり、二度目のキスをした。

前と同じように、彼女は身体をかたくしていた。

だが、唇が離れたとき、夕子は眼を開けて、微笑した。

久我はまた一歩、彼女との間が近づいたような気がして、嬉しかった。

# 6

久我は、久しぶりに故郷の両親に手紙を書き、そのなかで、結婚したい女性が見つかったと書いた。

久我は、何としても夕子と結婚したい気持ちになっていた。

考えてみると、彼女について、知らないことの方が多いのである。

久我が知っているのは、彼女の勤め先と、年齢と、住所だけといってよかった。彼女の家族に会ったこともないし、彼女の過去も知らないのである。

だが、肝心のことを知っていると、久我は思っていた。それは、彼女の美しさである。それに、彼女の優しさだ。結婚するには、それだけで充分ではないか。

（この次に会ったら、結婚の意思を伝えようか？　それとも、少しばかり性急すぎるだろうか？）

ベッドに寝転んで、そんなことをあれこれ考えるのは、楽しかった。

会社に出ても、自然に顔がほころんでいるのか、友人に、

「どうしたんだ？　最近、いやにニヤけてるじゃないか？」

と、からかわれたりした。

事件のことは、夕子のことで忘れがちだった。

名古屋で起きたという殺人事件も、世田谷のマンションでソープランドの支配人が殺された事件も、自分に関係のないことだった。

しかし警察は、当然のことだが、忘れてはいなかったのである。

七月一日に、久我が会社から帰ると、マンションの廊下に、十津川警部ともう一人、四十五、六歳の刑事が待っていた。

「うちの亀井刑事です」

と、十津川が紹介した。

久我は、露骨に不快な表情を示して、

「いい加減にしてくださいよ。僕は、もう話すことはないんだから」

と、十津川にいった。

「申しわけないと思いますが、もう一度、話を伺わせてください」

十津川が、丁寧にいった。

そういわれると帰ってくれともいえず、久我はドアを開け、二人を居間に通した。

二人が腰を下ろしたソファは、先日の夜、夕子が寝ていた場所である。

久我は、そんなことを考えながら、

「今日は、どんなことをきくんですか？」

と、二人の刑事の顔を見た。

「われわれは、愛知県警と合同捜査を敷いて、二つの殺人事件を捜査してきました」

十津川が、いった。

久我はお茶を淹れながら、黙ってきいていた。

「何人もの容疑者を、洗ってきました。そしてやはり、小林みどりと若宮夕子の二人に戻ってきてしまったんです。この二つの事件の犯人は、明らかに女性なのです」

「なぜ、女が犯人とわかるんですか？　現場に香水の匂いでも、残っていたんですか？」

急須に熱いお湯を注ぎながら、久我がきいた。

十津川は笑って、

「そんなものは、ありません。もし香水の匂いでも残っていたら、われわれはかえって、男の犯行と考えたでしょうね」

「ひねくれているんですね」

「最近は、犯罪者もいろいろと考えるようになりましたからね」

と、十津川は、いった。

久我は、二人の刑事にお茶を淹れ、自分もそれを口に運んでから、

「女の犯行という理由を、きかせてくれませんか」

と、いった。

今度は、亀井という刑事がにこりともしないで、

「名古屋の場合も世田谷の場合も、ナイフで背中を刺されているんですがね。それが、一カ所や二カ所ではなく、十カ所以上刺されているのですよ」

「それが、女だという証拠になるんですか？　恨みが深いから、何カ所も刺すということだってあるんじゃないですか？」

「それは、あり得ます。ただ、もし男だったら、背中から胸近くまで刺さってしまうはずなのです。時には、突き抜けてしまうこともあります。ところが今度の場合、いずれも傷は浅いのです。憎悪をこめて刺したはずなのにです。ということは、あまり力のつよくない女性が犯人ということになりますね」

「しかしだからといって、小林みどりや若宮夕子が犯人だということには、ならんでしょう。とにかく、あの二人にはアリバイが成立しているんですよ」

「そのことで、久我さんにもう一度、話をききたいんです」

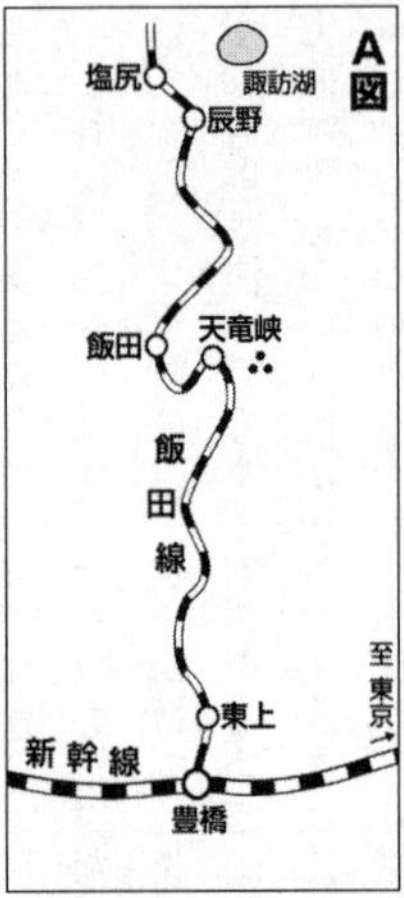


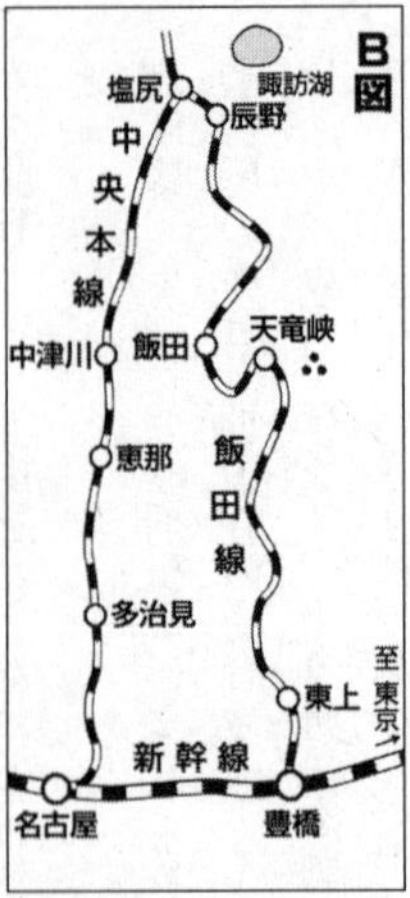


と、十津川がいった。

「話といっても、もうお話しすることはありませんよ」

「何か、書く紙はありませんか？」

「え？」

「紙です」

十津川は、くり返した。

仕方なく、久我は便箋《びんせん》を持ってきて、十津川の前に置いた。

十津川は、ボールペンを取り出した。

「久我さんは、六月二十四日に、飯田線に乗ったんでしたね」

と、いいながら、A図のように、白い便箋に線を引いた。

「辰野から終点の豊橋まで、飯田線に乗った。途中の天竜峡駅で、若宮夕子と二人で駅を出て、駅前の土産物店で絵はがきを買った。そうでしたね？」

「ええ」

「その間、小林みどりのほうは、車内で、眠っていた？」

「そうです」

「ところで、殺人事件のあった名古屋をこの図に描き加えると、次のようになるんですよ」

話しながら、十津川はボールペンで、B図のように描き加えていった。

「どうですか？」

と、十津川がきく。

「どうですかって、何のことですか？」

「飯田線と、名古屋の近さですよ。それに、飯田線の横には中央本線が走っている。何かあると、思いませんか？」

「ぜんぜん」

久我がそっけなくいうと、亀井刑事がむっとした顔で、

「これは、殺人事件なんです。もっと真剣に考えて欲しいですな」

「真剣に考えていますよ。しかし、刑事さん。飯田線が名古屋に近いところを走って

いようがいまいが、この電車に乗っていれば、名古屋で人は殺せませんよ」

久我も、真剣になっていい返した。

十津川が二人の間に入るような形で、言葉を挟んだ。

「確かに、久我さんのいうとおりです。いくら近くを走っていても、その電車に乗っていれば、殺せないことは確かです」

「彼女たちが乗っていたことは、間違いありませんよ。僕が、証人です」

「辰野から乗って、豊橋までずっと一緒だったんですね？」

「そうですよ」

「辰野を、午前四時四八分に乗ったんですね？」

「そうです」

「その時、間違いなく、彼女たちも一緒でしたか？」

「もちろんですよ。僕の写真にも、写っていたじゃないですか？」

「その写真は、見ましたよ。ところで、小林みどりさんは、途中から寝てしまったようですね？」

「ええ。彼女は低血圧気味なので、朝早く起きて眠かったんだといっていましたよ。電車のなかでは、寝ている人が他《ほか》にも何人もいましたよ」

「寝ているところを、久我さんはずっと見ていたわけですか？」

「違いますよ」

「じゃあ、小林みどりがずっと寝ていたというのは、寝ていただろうという推測でしかないわけですね。違いますか？」

と、十津川がいった。

「ちょっと、待ってくださいよ。相手が疲れて眠っているのを、じっと見守っていたら、そんな人間はおかしいですよ。それこそ変質者だ。そうでしょう？　彼女は、途中で眠っていただけで、豊橋で降りる時には、ちゃんといましたよ。ずいぶん前に、夕子さんが彼女を起こしてきたんです。ぼくが終点まで寝かせておいてやりなさいと、いったんですがね」

「どこで、起きてきたんですか？」

「どこで？」

「そうです。飯田線のどのあたりで小林みどりは、起きてきたんですか？」

「どこの駅なんて、見ていませんよ。豊橋に着く十五、六分、いや、二十分くらい前だったと思いますね」

と、久我はいった。

「眠ったのは、辰野を出て、どのくらいしてからですか？」

さらに、十津川がきいた。

「よく覚えていませんが、二時間以上たってからですよ。辰野で乗ったときは、まだ暗かったのに、もう完全に明るくなっていましたからね」

「二時間というと、六時四十八分ですが、その頃ですか？」

「いや、七時を過ぎていましたね」

と、久我はいってから、

「いろいろ、あなたは細かいことをいってるけど、彼女たちは、飯田線に乗っていたんですよ。間違いありません。だから、あの二人は殺人事件とは関係ありませんよ」

と、強い調子でいった。

「細かいことが、大事なんですよ」

十津川が、根気よくいった。

「しかし、彼女たちがあの電車に乗っていたことは、間違いないいんですよ」

「乗ったことと、一緒に豊橋で降りたことは、間違いないでしょう。若宮夕子とあなたが、ずっと一緒にいたと認めましょう。天竜峡駅に、あなた方の乗った電車が着くのが、七時三六分です。これでは、名古屋で九時から十時までの間に殺人を犯すのは、無理です。ただもう一人の小林みどりは、天竜峡駅に着いたとき、はたして、同じ電車に乗っていたかどうかわからないんじゃありませんか。あの時、彼女は車内で寝ていると見せかけて、途中で降りて、名古屋へ向かったかもしれませんよ」

「それは、警察の勘ぐりですよ」

「そう断言できますか?」

十津川は、じっと久我を見つめた。

「できますよ」

「そうですかねえ。正直にいいますから、怒らないできいてください。あなたは明らかに、今、若宮夕子に夢中だ。彼女についてどう喋るかで、わかりますよ」

「それが、どうかしたんですか?」

「彼女は、魅力のある女性です。男の心を引きつけるものがある。だから、あなたが六月二十四日の飯田線の電車のなかで彼女に夢中になって、話をしていただろうことも、想像されるんです。それは、当然だと思いますね。旅先で美しい女性と一緒になれば、彼女と楽しいお喋りをするのは、男として当然ですよ。私だって、旅先であいう魅力のある女性と一緒になれば、他のことは忘れてしまって、お喋りをすると思いますよ。あなたは飯田線のなかで、若宮夕子と、ずっと一緒にいた。他のことは、眼に入らなかったと思うのですよ。現に小林みどりが途中で眠ってしまっても、その寝ているところを見てはいないと、いわれている」

「それは、当然でしょう。前にもいいましたが、若い女性が眠っているのをじろじろ見つめたら、変態でしょう？」

「すぐ近くの席で、寝てしまったのではないんですか？」

十津川の質問は、執拗《しつよう》だった。

「彼女は、僕の近くで寝てしまっては、失礼だと思ったんだと思いますよ。隣の車両の空いている席へいって、眠っていたんです」

「隣の車両ですか」

と、十津川は感心したように、肯いてから、

「久我さんは、隣の車両へいって、小林みどりが本当に寝ていたかどうか、見てはいないんですね？」

「警部さん。前にもいったように、わざわざ寝顔を見にいくほうが、おかしいんじゃありませんか？」

「そうです。私はただ、事実だけを確認しているのです」

十津川は、落ち着き払っていった。

# 7

　久我は、腹が立ってくるのを必死で抑えた。

　これが自分自身のことなら、とっくに腹を立てて、眼の前の二人の刑事と喧嘩《けんか》をしていただろう。

　だが、問題は若宮夕子のことだった。

　彼女が、これ以上警察に睨まれてはと思い、自然に自分の気持ちを抑えてしまうのだ。

「われわれは、犯人がこうして名古屋で青柳恒夫を殺したと、考えたのですよ。それを、あなたにきいてもらいたいのです」

　と、十津川がいう。

「なぜ、ぼくが、きかなければならないんですか？」

「久我さんにも、関係があると思うからです」

「しかしきいても、彼女たちがシロだという僕の考えは、変わりませんよ」

「それでも、結構です。とにかく、私の考えをきいてください」

「じゃあ、勝手に話せばいいでしょう」

と、久我はいった。

十津川は、構わずに話を進めていった。

「私が描いたこの図を見てください。犯人は、青柳恒夫が名古屋市内のホテルに泊まっていることを知っていました。犯人は電話をかけ、二十四日の午前九時から十時の間にホテルに訪ねていくと、予告しておきます。青柳は、まさか相手が自分を殺しにくるとは思わなかったろうし、相手が若い女なので、気を許して会う約束をしてしまったのです」

「――――」

久我は、黙っていた。きいていないような顔をしていたが、本当は耳をすませていたのである。

そんな久我の気持ちを見すかしているかのように、十津川はゆっくりと話を続けた。

「これからが、犯人のトリックになります。諏訪湖のペンションに泊まった犯人は、そこで、アリバイを証言してくれる人間を探しました」

「それが、僕だというんですか？」

「まあ、最後まで、きいてください」

と、十津川は微笑して、

「翌日、犯人は、美人の友人とペンションで見つけた証人との三人で、午前四時四八分発の飯田線の電車に、辰野から乗り込みました。いかにも、時間の早い電車です」

「それは彼女たちが、午後二時までに、東京に戻らなければならなかったからですよ」

「そういうことになっていますね」

と、十津川はいった。

「信じないんですか？」

「信じませんね。われわれが調べた範囲では、彼女たちには午後二時までに帰京しなければならない特別な理由は、見つからなかったからですよ。犯人は、三人で午前四時四八分辰野発の電車に乗りました。飯田線は電化されていますが、単線で駅が多く、終点の豊橋まで、七時間かかるのです。時速にしたら、三十キロほどです。犯人は、このスピードの遅さをアリバイ作りに利用したと思うのですよ」

「どんなふうにですか？」

久我は、いつの間にか、相手に挑戦するような眼になっていた。

「この図でもわかるように、飯田線とほぼ平行する形で、中央本線が走っています。

中央本線のほうは、特急や急行が、ひんぱんに走っています。特急のスピードは、時速八十キロに近いのです。飯田線の二倍以上の速さです。犯人は、このスピードの差を利用することを考えたのです」

「もう少し具体的に話してくれませんか」

と、久我は文句をいった。

「こういうことです。犯人は、三人で飯田線に乗ったあと、理由をつけて二人の前から姿を消してしまう。朝が早かったので、眠くなったとかいってです。隣の車両で寝たと見せかけて、犯人は飯田線の電車を降りてしまったのです」

「降りて、どうするんですか？」

「そこからタクシーを拾って、中央本線の駅まで飛ばし、中央本線の特急列車に乗り込むのです。それで名古屋に着き、駅近くのホテルに青柳を訪ねて殺したのです。中央本線の特急は飯田線の電車の二倍以上のスピードですから、この時点で、久我さんと若宮夕子の乗った電車は、まだ豊橋には着いていないのですよ」

「――――」

「犯人は青柳を殺すと、今度は急いで名古屋から東海道新幹線に乗り込んで、豊橋に向かったのです。そして、アリバイを作りあげた」

「警部さん。小林みどりさんは豊橋で、僕や夕子さんを待っていたんじゃなくて、豊橋に着く二十分以上前に、隣の車両から起きてきているんです。これは、間違いないんですよ」

「別に、あなたが嘘をついているなどとは、いっていませんよ。中央本線の特急、そして東海道新幹線とうまく乗り継げば、飯田線の問題の電車が豊橋に着くかなり前に、犯人は、豊橋に着くことができるでしょう。時間に余裕があれば、途中の駅までいって、乗り込むことができますよ」

「そんなに上手《うま》くできるんですか？　具体的に、飯田線のどこで降りて、中央本線の何という特急に乗れば、そんなに上手くいくのか、教えてくれませんか？」

「それは、まだ考えていませんが、小林みどりが犯人とすれば、必ずちょうどいい列車があるはずです」

十津川は、自信にあふれた声でいった。

# 第三章　疑惑

## 1

十津川と亀井は、帰っていった。

久我はほっとしたものの、十津川が描き残していった図を見ていると、気が重くなっていった。

あの警部は、自信満々だった。そのことが久我の気を重くさせるのだ。

久我は大型の時刻表を取り出すと、はじめのほうに載っている索引地図を調べてみた。

飯田線のところである。

十津川のいうとおり、ほぼ平行して、中央本線が走っている。

飯田線を改めて眺めると、何と駅の数が多いことだろう。

久我の乗った電車は、数珠《じゅず》つなぎのようになっている駅の一つ一つに停車したのである。

それに比べて、中央本線の駅の数は、はるかに少ない。

その上、特急が走っているのだ。

中央本線のページを開いてみると、例えば特急「しなの2号」は、塩尻―名古屋間で六つの駅にしか停車しない。

（小林みどりは途中の駅で降りて、中央本線で名古屋へいって、人を殺したのだろうか？）

久我は、次第に疑惑が広がってくるのを感じた。

もし、小林みどりが十津川警部のいうトリックを使って殺人をしたとすると、夕子も、その共犯の疑いが持たれてくるのだ。

なぜなら夕子は、何度となく隣の車両にいき、戻ってくると、久我に向かって、みどりがよく寝ているといっていたからである。

（夕子もぐるになって、自分を欺《だま》したのだろうか？）

そんなことは、絶対に信じられなかった。いや、信じたくなかった。

もしそんなことになってしまえば、彼女との間の愛情が、崩壊してしまうのだ。

自分の胸のなかで、どんどん疑いが濃くなっていくのが怖くて、久我は時刻表を放り出すと、夕子に電話をかけた。

「ああ、久我さん」

と、夕子は嬉しそうな声を出してくれた。

それで、久我は救われたような気がした。

「一緒に、飲みたいんだ」

と、久我はいった。

「え？」

「とにかく、一緒に飲みたいんだよ、つき合ってくれないか」

「何か、嫌なことがあったみたいだけど？」

夕子が、心配そうにきいた。

「いや、そんなものはないんだ。ただ、君と一緒に飲みたいだけさ」

と、久我はいった。

「いいわ、これから新宿で会いましょう」

と、夕子はいってくれた。

久我は、いつかの店に夕子を誘った。

今夜は、どうしても酔いたかった。夕子が注意するのを構わず、ぐいぐい飲んで、酔いが回ってくると、

「僕は、君が好きなんだよ」

と、夕子に向かっていった。

「ありがとう」

夕子が、ちょっと困ったような顔でいう。

「結婚しよう！」

久我は、酔いに委せて大声を出した。

ママが笑って、

「あらあら、大変」

と、茶化した。

「僕は、真剣なんだよ。夕子さん、結婚してくれよ」

「はい、はい」

夕子が、微笑している。

「本当にしてくれるの？　本当だろうね？」

と、久我はからんだ。

「困ったわ」

「お嬢さんが、困ってるわよ。久我ちゃん」

ママが、口を挟んだ。

「僕は、彼女に話してるんだ。ママには関係ない！」

「はい、はい、わかりましたよ」

と、ママはカウンターの奥に消えてしまった。

酔いが回れば回るほど、本音が口を突いて出た。

「君にお願いがあるんだ」

と、久我はいった。

「結婚のことは、考えさせてもらわないと、すぐには返事はできないわ」

「ああ、それはちゃんと考えてくれていいよ」

「はい」

「頼みというのはね」

「はい」

「僕を、裏切らないでくれってことなんだ。僕は、君が好きだ。君を愛している。君のためなら、何でもしたいと思っている。だから、僕を裏切らないで欲しいんだ」

2

それから、二日後のことだった。

十津川から、電話がかかった。

「二日間、休暇がとれませんか？」

と、十津川はいきなりきいた。

「何のことですか？」

「実は、私と一緒に辰野へいき、あの電車に乗ってもらいたいんです」

「僕がなぜ、そんなことをしなければいけないんですか？」

「実験に立ち会ってもらいたいんです。小林みどりが、名古屋で青柳恒夫を殺すことができたかどうかの実験です。あなたは当事者だから、どうしてもこの実験に立ち会ってもらいたいのですよ」

「僕が嫌だっていったら、どうなるんですか？」

「それはもちろん、あなたの自由です。しかし、小林みどりが犯人かどうかは、あなたの証言にかかっているんです。だから、われわれの実験に立ち会って欲しいと思いますがね。すぐには返事は無理でしょうから、考えてから電話してください」

と、十津川はいった。

久我は少しずつ、自分が追いつめられていくような気がした。

小林みどりや若宮夕子の不利になるような実験に、立ち会いたくなどない。

だがいかなければ、必ず彼女たちへの疑惑が高まってくるに決まっていた。

どちらかに決めたいという気持ちと、決めるのは怖いという気持ちとが、久我のなかで闘っていた。

そして久我自身が予期したように、四時間考えたあと十津川に電話して、ＯＫの返事をした。

夕子にもみどりにも何もいわずに、七月四日に家を出た。

十津川たちとは別に、四日の夕方、久我は諏訪湖近くのあのペンションに着いた。

十津川と亀井が、遅れてやってきた。

「あなたの協力を、感謝します」

と、十津川がいった。

「協力はしますが、僕は、警部さんの実験が失敗することを祈っていますよ」

久我は、正直にいった。

十津川は、別に不快そうな表情は見せなかった。

「それでいいんです」

と、彼はいった。

翌朝、暗いうちに起き、あの時と同じように、ペンションのオーナー夫人が作ってくれた弁当にお茶を持ち、久我たちはペンションの主人の車で辰野の駅に向かった。

「さすがに眠いですね」

と、亀井は車のなかであくびをした。

久我は、あの日のことを思い出していた。

あの時、久我は、夕子と出会ったことに有頂天になっていた。こんな警察の捜査に協力することになるとは、思ってもみなかったのだ。

辰野駅に着く。

あの日と同じように、まだ周囲は仄暗《ほのぐら》かった。

ホームの灯《ひ》だけが、やたらに明るい。

三人は、豊橋行の電車に乗った。

「どんな実験をするんですか？」

久我はいらいらしながら、十津川にきいた。二人の刑事がいやに落ち着き払っているのが、気になるのである。

電車が、動き出した。

「まず、腹ごしらえでもしようじゃありませんか。腹がへっていては、正確な実験もできませんからね」

と、十津川がいう。

膝《ひざ》の上に、弁当とお茶が広げられたが、久我は食欲がなかった。

「もったいぶらずに、どんな実験をするのか教えてくれませんか」

久我は、もう一度、十津川にいった。

十津川は、煙草に火をつけてから、

「私が、小林みどりの役をやります。途中で隣の車両にいき、この電車を降りてから、中央本線に乗って、名古屋にいきます。そしてまた、この電車に乗り込みます。それができれば、彼女のアリバイは崩れますからね」

「しかし、警部さんが本当に名古屋へいってきたかどうか、どうやって判断するんですか？」

と、久我はきいた。

「久我さんは、名古屋へいったことはありますか？」

「ええ、二度だけですがね」

「それならいい。私は、ここにポラロイドカメラを持っています。久我さんは、名古屋のどこかを写してこいと、いってください。このポラロイドで、そこを撮ってきますよ」

と、十津川がいう。

「じゃあ、駅の正面の写真が見たいな。名古屋という駅名をいれて、駅ビルを写してきてください」

と、久我が注文した。

「ＯＫ、撮ってきましょう」

十津川は、にっこり笑っていった。

午前七時近くなると、十津川は席から立ちあがって、

「隣の車両で、眠ってこよう」

と、久我にいった。

そのまま、通路を隣の車両に歩いていった。

「これから、どうなるんですか？」

久我は、残った亀井刑事にきいた。

亀井は、にやっと笑って、

「実験を、続けましょう。私が、若宮夕子の代わりをやりますよ。あなたには、申しわけないが」

「あなたも十津川警部さんも、僕の証言を信じていないんですね。だから、こんな実験をするんだ」

「いや、あなたの言葉は、信じています。ただ小林みどりに、名古屋での殺人が可能かどうか、調べているだけです」

亀井は、きっぱりといってから、窓の外に眼をやった。

「緑がきれいですねえ。私は、東北の生まれですのでね。たまには、東京からこういうところにきて自然に接すると、ほっとするんですよ」

といった。実感の籠《こも》った調子だった。

電車は、飯田に着いた。

いわば、飯田線の中心である。

「なかなか、大きな町ですね」

と、亀井がいう。

「十津川さんは、まだ隣の車両にいるんですか？」

「さあ、わかりません」

「気になるんですよ」

「六月二十四日にも、気にして隣の車両に見にいきましたか？」

「いや。若宮夕子さんが見にいきましたよ。そして戻ってきて、寝ていたといったんです」

「じゃあ、私が見てきましょう」

亀井は、立ちあがった。

電車は、飯田駅を出た。

亀井が、すぐ戻ってきた。

「ちゃんと、寝ていましたよ」

亀井が、席に腰を下ろしてから、とぼけた顔でいった。

「本当は、もう降りてしまっているんでしょう？」

「二十四日にもあなたは、若宮夕子の言葉を疑いましたか？」

「いや。疑う理由がありませんでしたからね」

「じゃあ、今日も、私の言葉を信じてください」

「しかし——」

「二十四日と同じように、あなたには行動してもらいたいのですよ」

と、亀井はいった。おだやかないい方だったが、勝手な行動は許さないという厳しさも感じられた。

天竜峡駅に着くと、亀井は、

「降りましょう」

といって、先に座席を立った。

「そこまでやらなくても、いいんじゃないんですか？」

「いや、できる限り、正確を期したいのですよ。あとになってから、あそこで駅の外に出なかったので、六月二十四日とは違うといわれるのは、困りますからね」

亀井は、凡帳面にいう。

（この刑事は、馬鹿みたいに決められたことをきっちりやる男なんだろう。その代わりに、融通は利かないに違いない）

と、久我は思いながら、亀井と一緒に電車を降り、改札口を出た。

「あの土産物店で、絵はがきを買ったんですね？」

と、亀井は久我に確認をとってから、絵はがきを三つ買った。

そのあとで、駅に戻った。

「これから、どうするんですか？」

久我はホームに立ち、小さく伸びをしながら、亀井にきいた。今、自分や刑事たちのやっていることが、急に馬鹿げた田舎芝居のように思えてきたのである。

だが、亀井はあくまで生まじめな顔を崩さなかった。

「最後まで、六月二十四日のとおりにやってもらいますよ」

と、亀井はいった。

3

十七分停車で、電車は再び豊橋に向かって、走り出した。

小さいトンネルを、次々に走り抜ける。

素晴らしい景色なのだが、今日はその景色を楽しむ余裕も、気も、久我にはなかった。

久我の気持ちは、くるくる変わった。

馬鹿馬鹿しいと思ったかと思うと、夕子を裏切るようなことをして申しわけないと思い、それでも、自分を納得させたいのだと思う。そんな感情が、入れ替わり立ち替わり、久我の胸を占領するのだ。

「大丈夫ですか？」

と、亀井がきいたのは、久我が、疲れた顔をしていたからだろう。気持ちの上で、疲れてしまっていた。

いつの間にか、電車は天竜川を離れて、走っていた。

長野県から静岡県に入り、次に、愛知県へ電車は入っていく。

「ちょっと、トイレにいってきます」

と、久我はいって、立ちあがった。

彼は車両の端までいくと、トイレには入らず、隣の車両をのぞいてみた。

ばらばらに乗客がいたが、半分ほどは、座席に寝転んでしまっていた。地元の人たちにとって、景色はもう見あきているのだ。

十津川の姿は、なかった。

ここにくるまでのどこかの駅で、すでに降りてしまったらしい。

(うまくいくものか)

と、久我は思った。

うまくいかなければ、彼女たちのアリバイは、完全に証明されたことになる。

「警部は、飯田で降りたんですよ」

いきなり、背後から亀井に声をかけられた。

久我は、照れかくしに頭をかいて、

「やっぱり、気になったんですよ」

「警部からは、黙っているようにいわれたんですがね」

と、亀井は元の座席に戻りながら、いった。

「飯田で降りれば、間に合うんですか？」

「警部の計算では、名古屋で殺人をやって、ゆっくりこの電車に戻れることになっているんです」

「亀井さんは、どう思われるんですか？」

「計算と実際は、違いますからね。頭のなかでの計算では、駅で切符を買って、改札を通って——という時間がわからない。だから、実験が必要なんです」

「しかし、成功すればいいと、思っているんでしょう？」

「それは、事件の解決に一歩近づきますからね」

「僕は、失敗してもらいたいと思っていますよ」

久我は、遠慮なくいった。

トンネルがなくなり、周囲の景色から山脈が消えた。

亀井は、腕時計を見た。

「そろそろ、十津川警部を起こしてきましょう」

と、亀井が久我にいった。

「え？」

「六月二十四日には、若宮夕子がそういったんでしょう？　そろそろ豊橋に近づいたから、小林みどりを起こしてくると」

「ええ、でもその時は、彼女は、本当に隣の車両に寝ていたんです。でも今日は、十津川警部さんは、飯田で降りてしまっているんでしょう？　それなら、ただの芝居になってしまいますよ」

久我がいうと、亀井は手を振って、

「果たして、警部は消えたままか、それとも、奇蹟のようにここに現れるか、賭《か》けてもいいですよ」

といい、隣の車両に歩いていった。

二、三分すると、亀井が戻ってきた。驚いたことに、十津川警部が一緒だった。

「ほら、間に合いましたよ」

と、十津川はにっこりした。

4

久我は、すぐには、十津川がそこにいるのが、信じられなかった。

「本当に、名古屋へいってきたんですか？」

と、久我はきいた。

「もちろん、いってきましたよ。あなたのいった写真も、撮ってきました」

十津川は、ポケットから何枚かのポラロイド写真を取り出して、久我に渡して寄越した。

名古屋のステーションビルを写したものが三枚。あとの二枚は駅の売店を撮ったもの、それに、十津川が助役と並んだものだった。

「その助役さんと一緒のものは、駅員さんにシャッターを押してもらったんです。私が今日、名古屋にいったことは、その助役さんが証言してくれます」

と、十津川はいう。

「どうも、信じられませんね。まだ豊橋に着いてないのに、警部さんが名古屋までいってきたなんて。飯田で降りたんでしょう？」

「そうです」

「そのままタクシーで、この電車を追いかけてきたんじゃないんですか？　この電車は時速三十キロぐらいだから、タクシーに乗れば、ゆっくり追いつけますからね」

久我がいうと、十津川は笑って、

「そんなことは、やりませんよ。ちゃんと中央本線を使って、名古屋へいってきましたよ」

と、十津川はいってから、腕時計に眼をやった。

「間もなく豊橋ですから、降りて食事でもしながら、ゆっくり説明しましょう」

と、いった。

豊橋には、定刻の一一時一六分に着いた。

十津川が、久我を駅構内のレストランに誘った。

まだ十二時前なので、店内はがらがらだった。

「どうやって名古屋へいったのか、説明してくれませんか」

久我は、食事の途中で十津川にいった。

十津川は「とにかく、食事をすませましょう」といい、食事がすむと、あいたテーブルの上に手帳と時刻表を置いた。

「私が疑いを持ったのは、前にもいいましたが、飯田線のスピードの遅さです。そんな電車に、しかも午前四時四八分発という、めちゃくちゃに早い時刻になぜ乗ったかということなのです。これは何かあるなと、思いました」

「それは午後二時までに、東京に帰らなければならなかったからですよ」

「それなら他の、もっと速い列車を使ったほうがいいじゃありませんか。松本へ出れば、新宿行の列車が出ていますからね。L特急を利用すれば、松本から新宿まで、三時間九分しかかかりません」

「だから、小林みどりが犯人だというんですか？」

「その可能性があるのではないかと、考えたのです」

と、十津川はいった。

「じゃあ、トリックというのを説明してください」

久我は、先を促した。

「では、どうやって名古屋にいってきたかを、説明しましょう」

十津川は、淡々とした口調でいい、時刻表の飯田線のページを開いた。

久我は、黙ってきくより仕方がなかった。

「犯人は、午前四時四八分に辰野から飯田線に乗ったあと、眠たくなったといって、隣の車両に姿を消しました。そうしておいて、飯田駅で、ひそかに降りたのです。時刻表によれば、飯田着が七時〇四分です」

「それは、わかりますよ」

と、久我はいった。

「犯人は、ここから車を拾って、中央本線の中津川駅に向かったのです。この間には、中央自動車道が通っています。中津川インターチェンジで出て、中津川駅に向かえばいいわけです。この間を、バスが四十分で走っていますから、タクシーなら充分に、このくらいで走ります。私も今日、四十分で、ゆっくり着きましたよ。しかし余裕を見て、一時間としましょう。六月二十四日に、渋滞があったかもしれませんからね。一時間かかったとしても、八時〇四分には、中津川駅に着きます」

十津川は、手帳に飯田線と中央本線の図を描き、中津川のところに、八・〇四と記入した。

「ここから、中央本線の特急に乗って、名古屋に向かいます。幸い、八時二六分中津川発のL特急『しなの2号』があります。犯人は、これに乗ったに違いありません。

この特急が名古屋に着くのが、九時二七分です」

十津川は、名古屋のところに九・二七と書いた。

「問題は、名古屋に何分いられるかということじゃありませんか？　二、三分しかいられないのなら、名古屋で殺人は、できませんよ」

久我は、反撃した。

「そのとおりです」

と、十津川がいった。

「問題は、そこにあります。そこで、次に名古屋を何時何分の新幹線に乗って、豊橋に向かえばいいかを、考えました。その結果、名古屋を九時四四分に出る『こだま406号』に乗ればいいと、わかりました。つまり十七分の余裕があるのですよ」

「十七分しかないといったほうが、いいんじゃありませんか」

と、久我は皮肉をいった。

十津川が、怒るかなと思った。が、相手は微笑した。

「久我さんのいうとおりです。だから今日、実験をしてみたのです。いってみると、幸い、青柳恒夫の泊まったホテルは、駅の前にありました。駅から歩いて、五分とかからない距離です。往復に十分とすると、ホテルのなかで七分の余裕があるわけです。

七分あれば、人を殺すことも可能ですよ」

5

「名古屋で殺人を犯した犯人は、九時四四分の『こだま406号』で豊橋に向かいます。飯田線の電車は、まだ中部天竜駅を出て、三十分ぐらいしか走っていないのです。『こだま406号』は、豊橋に一〇時一〇分に着きます。もちろん、まだあなたや若宮夕子の乗った電車は、豊橋に着いていません。しかし、豊橋で待っているわけにはいかない。もとの電車に乗り込んで、ずっと乗っていたように、見せなければならないからです。そこで犯人は、飯田線のホームに向かって走り出す」

「下りの飯田線に乗るんですか？」

「そうです」

「そんな都合のいい下りの電車が、あるんですか？」

「一〇時二〇分発の上諏訪行の電車です。この電車に乗って、途中までいけばいいわけです。時刻表を見てください。一番先までいって、あなた方の乗った電車に乗り込めばいいわけです。一番先というと、東上《とうじょう》という駅があります。面白いのは、あなた方の上り電車の東上発が一〇時四八分。一方、私が今日乗ってきた下り電車の東上発が、まったく同じ一〇時四八分です。このあたりは、単線区間ですから、先に着いたほうが待っていて、すれ違うはずです。ですから、東上でも乗りかえられると思いましたが、私は安全をとって一つ手前の江島《えじま》で降りて、あなた方の電車がくるのを待って、乗り込んだのです」

「六月二十四日に、小林みどりもそうしたというのですか？」

「こうやれば、名古屋で殺人もできたということです。江島から豊橋まで二十五分かかりますから、ゆっくり眠りからさめたというポーズが、とれるわけです。久我さんも、確か豊橋に着く二十分くらい前に、小林みどりが起きてきたと、いったはずですよ」

「――」

久我は黙って、十津川の書いた時刻表を見つめていた。

確かにこのとおりにやれば、小林みどりは、名古屋で青柳恒夫を殺しておいて、何くわぬ顔で、元の電車に戻れるのだ。

久我の胸に、冷たいものが走り抜けた。

風が吹き抜けたと、いってもいい。

小林みどりが、もしこのトリックを使って殺人をやったのだとしたら、当然、夕子も共犯なのだ。

夕子は、何度も隣の車両にいき、まだみどりが眠っていると、久我に告げている。みどりは、飯田駅で降りているのだから、夕子は、ずっと嘘をついていたのだ。

（最初から最後まで、おれは利用されたのか？）

そう考えることは、怖かった。

夕子との愛まで、疑わなければならないからである。

それは、久我にはできなかった。

何より怖いのは、夕子を失うことだったからである。

6

十津川は、じっと久我を見つめていた。

「実験は、成功しました」

と、十津川はいった。

「そんなことは、わかっています。しかし、それはこういうことも可能だということが証明されただけで、それは、小林みどりが名古屋で人を殺したことの証明にはならんでしょう？　違いますか？」

久我は、ヒステリックにいった。

「強がりをいうな！」

と、亀井が怒鳴った。が、十津川は、そんな亀井を制した。

「確かに、久我さんのいうとおりです。私の実験が成功しても、それは直ちに、小林みどりが犯人であることの証明にはなりません。あとは、あなたの証言にかかっています」

「僕の？」

「そうです。あなたのです。あなたの証言いかんによっては、私の考えたこのトリックは、何の価値もなくなってしまうのですよ。この実験が成功したのは、犯人が飯田駅で降りるのに、あなたが気付かなかったという前提が、必要です」

十津川が、いう。

久我は、眉をひそめて、

「前提は、他にもいくつもありますよ。誤魔化さないでください」

「どんな前提ですか？」

「彼女が眠いといって隣の車両にいったのが、飯田を過ぎてからだったら、このトリックは無意味になるわけでしょう。あるいは、彼女が起きてきたのが、東上より手前だったら、やはり無意味になるはずです。違いますか？　そちらのほうが、大きな前提だと思いますが、違いますか？」

「そうなんですか？」

十津川が、逆にきき返した。

「何が？」

「小林みどりが眠いといって、隣の車両に移っていったのは、飯田を出てからだったんですか？」

「――」

「それに、若宮夕子が起こしにいって、小林みどりが起きてきたのは、東上より手前だったんですか？」

「――」

「あなたのいうとおり、この二つは大事なことです。あなたの言葉次第で、小林みどりのアリバイはなくなりもするし、成立しもするんです。だから、覚悟して、喋ってください」

と、十津川がいった。

傍から、亀井が、

「わかっているでしょうが、嘘をつくと、偽証罪に問われますよ。いや、今度の場合はそれだけじゃすまないかもしれん。犯人に手を貸したということで、共犯になるぞ」

と、脅かすようにいった。

十津川は「カメさん」と制して、

「共犯はともかく、重要参考人として出頭していただくことになりますよ。それに、これは殺人事件だということも、心に留めて返事をしてください。しかも犯人は、東京でもう一人の人間を殺しているのです。羽田岩男という、ソープランドの支配人をです」

「ちょっと待ってください。それは、おかしいんじゃありませんか」

久我は顔をしかめて、十津川を見た。

「どこがですか？」

「今、警部さんは、小林みどりが名古屋で青柳恒夫を殺し、次に東京で羽田岩男を殺したといいましたね。しかし、彼女は東京の事件については、確かなアリバイがあると、あなた自身がいっていたじゃありませんか？　おかしいですよ」

「そうでしたね。しかし、名古屋の犯人が小林みどりなら、東京の事件での彼女のアリバイにも、どこかに穴があるはずです」

「それは、警察の希望的観測でしょう？　彼女が、両方の事件の犯人と断定しているのなら、片方にアリバイが成立してしまえば、もう一つの事件についてもシロのはずなんじゃありませんか？」

と、久我は食いさがった。

「誤魔化すのは、よせよ」

亀井が、口を挟んだ。

「何が、誤魔化しですか？　僕は、間違ったことはいってないつもりだ」

「君は、肝心の質問に答えてないよ。警部は、小林みどりがいつ、眠いといって隣の車両に移ったのか、彼女はどこで起き出してきたのか、きいている。君は、その質問に答える代わりに、すりかえの議論をしているんだ」

「すりかえじゃない。小林みどりが犯人じゃあり得ないと、いってるだけですよ」

久我の声も、思わず大きくなった。

十二時の昼食時になって、ぞろぞろと入ってきた人たちが「なんだ？」という顔で久我たちを見ている。

「出ましょうか」

と、十津川がいった。

三人は、東京までの新幹線の切符を買って、ホームに入った。

ホームには、あまり乗客の姿はなかった。

「どうですか、久我さん、正直な答えをくれませんか」

十津川は、久我に話しかけた。

久我は、すぐには返事ができずに、煙草を取り出して、火をつけた。

十津川は、じっと久我の返事を待っている。

「何を答えれば、いいんですか？」

と、久我はわざときいた。

「六月二十四日、小林みどりは、どのあたりで隣の車両へいったんですか？　それを、正直に答えて欲しいんです。飯田の手前ですか？　それとも飯田を過ぎてからです
か？」

「じゃあ、返事をしましょう。彼女が眠ったのは、飯田を過ぎてからです」

「それが、事実ですか？」

「そうです。これが、六月二十四日の事実です」

「じゃあ、豊橋が近づいて、小林みどりが起きてきたのは、どのあたりですか？」

「東上より前です」

久我は、そういった。

十津川は、憮然《ぶぜん》とした顔をしていたが、亀井は、不快感をあらわにして、

「嘘をいうな。君は最初、豊橋に着く二十分ぐらい前だといったんだ。東上駅発は一〇時四八分だから、豊橋着の二十八分前なんだ。二十分前なら、もっと先の駅に着いてからのはずじゃないか」

「そんなことをいったって、東上駅の前に彼女が起きてきたんだから、仕方がないじゃありませんか」

「じゃあ、電車が何という駅に着いたときに、小林みどりは起きてきたんだ？　覚えているのなら、いってみろ」

「それは、覚えていませんよ。しかし、彼女が起きてきてから少しして、東上という駅に着いたのは、覚えているんです。面白い名前の駅だなと、思ったものですからね。だから、彼女は東上駅に着くよりも前に、起きてきたんです」

「それはおかしいじゃないか」

亀井が渋面を作って、久我を見た。

「どこがおかしいんですか？」

「君は今、東上という駅名が面白いから覚えているといった。しかし、その手前の駅は覚えていない」

「それで、いいじゃないですか」

「違うね」

と、亀井は強い声でいい、時刻表を取り出すと、

「飯田線には、面白い名前の駅が多いんだ。東上の二つ手前が、新城《しんしろ》、その前が、東新町《ひがししんまち》、続いて茶臼山《ちゃうすやま》、三河東郷《みかわとうごう》、大海《おおみ》、鳥居、長篠城、本長篠とあるんだ。このなかで平凡なのは、東新町だけで、あとの駅名は、東上よりずっと面白いじゃないか。それをまったく覚えてなくて、東上だけを覚えているのは、どういうことなんだ？」

「そういわれても、困りますよ。東上だけは覚えていたんだから」

「今日の実験で、東上より手前で起きてくると、小林みどりのアリバイが成立するとわかったから、君は東上の前で彼女が起きたと、いい張っているんだ。明らかに、偽証だ」

「僕が、嘘をついているという証拠でもあるんですか？　あるなら、見せてくださ

い」

久我も、次第に声を荒らげていった。自分の主張に無理があるとわかっているだけに、一層激してしまう。

「自分で嘘をついているのは、わかってるんだろう！」

と、亀井の声も荒くなった。

「もういいよ。カメさん」

十津川は、亀井にいった。

「しかし、警部。彼は明らかに嘘をついていますよ」

「わかっているよ」

と、十津川は亀井にいってから、久我に向かって、

「そんなに、若宮夕子が好きなんですか？」

と、きいた。

7

上りの「こだま」が着いて、十津川と亀井は乗っていったが、久我は、ホームに残

った。

二人の刑事と、二時間以上も一緒にいたくはなかったからである。

十津川の最後の言葉は、さすがにこたえた。

久我は返事をしなかったが、十津川は、それ以上追及してこなかった。黙って、肩をすくめて見せただけである。

それがかえって、久我の胸に自問自答の形となって、はね返ってきた。

（そんなに、若宮夕子が好きなんですか？）

十津川のその言葉が、いつまでも耳に残ってしまっている。

自分は、彼女を愛している。それは、間違いない。

いや、そんなことを、いちいち確認することはないのだ。彼女が好きだ。それだけでいいはずなのに、今、久我の胸のなかで、その確認がおこなわれている。確認しなければならないのは、明らかに久我自身の気持ちがぐらついているからである。

夕子のためなら、一年や二年、刑務所に入るのだって悪くないと、久我は思っていた。

そういう形で、夕子にこちらの愛情の深さが示せるのなら、むしろ嬉しかった。

だが、疑惑は耐えられない。

むしろ、夕子が面と向かって、私のために嘘をついてくださいと頼んだのなら、もっとすっきりするのだ。

飯田線の電車のなかで夕子がしたことは、事実だったのか。それとも、芝居だったのか。

それがわからないのが、不安だった。

いや、それは嘘だった。

久我は、十津川の実験に立ち会った今、夕子とみどりがしめし合わせて、芝居をしたと、思い始めていた。

夕子が何度も、みどりが眠っていると久我にいったのは、すべて嘘だった。その時、すでにみどりは飯田駅で降り、タクシーで、中央本線の中津川駅に向かっていたのだろう。

そう思いながら、久我はどこかで、まだ夕子の言葉を信じたいと、思っていた。

あの夕子が、自分を欺すはずがない。そう思いたいのだ。

それに警察は、東京でソープランドの支配人を殺したのも、同じ小林みどりだといっている。

ならば、東京のほうに、完全なアリバイのある小林みどりは、名古屋で青柳恒夫を殺してもいないのだ。

今は、それが唯一の頼りだが、一つでも反証があればいい。

久我は、一列車おくらせてから列車に乗って、東京に向かった。

# 第四章　崩壊

## 1

翌日も、翌々日も、警察は何もいってこなかった。

あの十津川という警部と亀井刑事が、諦《あきら》めたとは、思えなかった。

名古屋での殺人事件が、小林みどりの犯行であることを証明するためには、久我の証言が必要なのだ。それは、十津川たちにもよくわかっているはずである。

だから、手をこまねいているのだろうか？

それとも、次に会うときには、偽証罪で久我を脅かすのだろうか？

久我はこの二日間、夕子にもみどりにも、会わなかった。

夕子の愛を信じないわけではなかった。

ただ、会ったとき、自分の疑惑をそのままぶつけてしまいそうな気がして、怖かったのだ。

三日目に、会社から戻ると、手紙がきていた。速達になっていた。

夕子からだった。

久我は、封を切るのが怖かった。事件のことで、あなたを欺してごめんなさいとでも書いてあるのだろうか。それとも、十津川の実験に久我が参加したことをどこかで知って、怒りをぶちまけているのだろうか。

そんなことを、あれこれ考えてしまったからである。

それでも結局、久我は夕子の手紙に眼を通した。

〈毎日、あなたからのお電話をお待ちしていたのに、まったくないので、悲しい思いをしています。

電話が鳴るたびに、あなたからではないかと思ってしまい、部長にひやかされている毎日です。

何か、あなたを怒らせてしまったことを、私がしたのでしょうか？　それとも、私やみどりの周辺で、いまわしい事件があったので、敬遠なさっているのでしょうか？　諏訪湖のペンションでお会いしたときも、一緒に飯田線に乗ったときも、あなたに対して、特別な感情は持っていませんでした。ただ、旅先で会った、感じのいい男性というだけでした。

それなのに、今はもう、あなたのことばかり、考えています。朝起きた時も、会社にいる時も、行き帰りの電車のなかでもです。会社では、あなたのことを考えていて、ミスばかりしています。

私がこんな気持ちなのに、なぜ、三日も四日も、連絡してくださらないのですか？　こんな恨みがましいことなど、手紙に書いたことなどなかったのに、どうかしてしまっているのです。ごめんなさい。

どうか、お電話をください。

夕子〉

久我は、すぐ受話器を取った。

夕子が出た。

「ああ、久我さん」

と、夕子はいい、

「ありがとう」

「僕こそ、すぐ会いたいんだ。今から、いっていいかい？」

「きてください」

と、夕子がいった。

久我は、急いでマンションを出ると、タクシーを拾って、夕子のアパートに急いだ。

もう彼女が小林みどりと組んで、殺人を犯したかどうかなど、どうでもよくなっていた。

彼女のアパートに着き、彼女を見た瞬間、久我は、何もいわずに抱きしめていた。

彼の腕のなかで、夕子が喘《あえ》いだ。少し強く抱きしめたのかもしれない。

久我は、ほとんど喋らなかった。抱いたままベッドの上に押し倒した。

かすかな抵抗があったが、夕子のほうから身体を押しつけてきた。

久我は、夕子が自分のものになったと思った。

## 2

翌日、十津川が亀井と、会社に久我を訪ねてきた。

昼休みだった。

久我はすっきりした気持ちで、二人の刑事に会うことができた。

久我は、もう覚悟を決めていたからである。夕子のためなら、偽証罪に問われても平気だった。

それに、夕子が直接、殺したわけではない。友人のみどりのために、嘘をついただけなのだ。

久我は、十津川たちを近くの喫茶店に誘った。

「今日は、偽証罪で僕を脅しにきたんですか？」

と、久我は機先を制するようにいった。

十津川は、眉をひそめた。

「そんな気はありませんよ。私は、強制して証言してもらうというのは、嫌いですからね」

「じゃあ、何のためにきたんですか？」

「今日は、事件について新しい事実がわかったので、それを久我さんに知らせにきたんです」

「何が、わかったんですか？　六月二十四日に、飯田駅から中央本線の中津川駅まで、小林みどりと思われる女性を乗せたタクシーが見つかったとでも、いうんじゃないんですか？」

久我がいうと、十津川は驚いた顔で、

「なぜ、そう思ったんですか？」

「僕の証言で、行き詰まったわけでしょう？　僕が証言を変えない限り、小林みどりが、名古屋で青柳恒夫を殺せたということにはならない。飯田駅で、降りたことになりませんからね。あなた方にとって唯一の突破口は、名古屋で彼女を見たという証人を見つけるか、飯田駅から中津川駅まで、彼女を乗せたというタクシー運転手を見つけるかしかないわけですよ。違いますか？」

「なるほどねえ」

十津川は、微笑した。

「そうなんでしょう？」

「確かに、タクシーを探すのは、一つの方法だし、あのあともう一度、飯田駅にいき、タクシー全部に、当たってみましたよ」

と、十津川はいった。

「やっぱりね」

「運転手に、小林みどりの写真も見せて歩きました。一人の運転手が、六月二十四日にそれらしい女性を乗せたと証言してくれました。時刻も、午前七時過ぎです。しかし、小林みどりと断定はしてくれませんでした。証人としては、充分じゃないのです」

「そんなことをいって、いいんですか？」

久我がびっくりしてきくと、十津川は、

「私は、あなたを欺す気はないんです。そんなことで、あなたの証言を変えさせても仕方がありませんからね」

「じゃあ、今日は、何を僕に話しにきたんですか？」

「一つ、わかったことがあったので、それを知らせにきたんです」

「どんなことですか？」

「名古屋のホテルと、東京世田谷のマンションでの殺人ですが、一見したところ、同一人による殺人と考えられていたんですが、その後の捜査で、違うことがわかってきたのですよ」

「どういうことなんですか？」

「同じように、背中を何カ所も刺されて殺されているので、同一の手口と考えられたのですが、仔細に傷口などを調べると、どうも、別人の犯行と思われるようになってきたのです。どちらも、犯人は女性ですが、別の女性が、犯人です」

「――――」

「つまり、名古屋のホテルで青柳恒夫を殺したのは小林みどりだが、東京のマンションで羽田岩男を殺したのは、彼女ではなく、若宮夕子だという結論になったのですよ。久我さんには、お気の毒ですが」

「そんな無茶な。両方とも小林みどりがやったと、いっていたじゃありませんか？」

「確かに、そう考えていたのです。しかし、刺し傷の深さや角度などから、別人としか考えられなくなったんです」

十津川は、冷静な口調でいった。

「信じられませんね。第一、小林みどりでないから若宮夕子だというのは、短絡的すぎるんじゃありませんか？」

「いや、そうは思いませんね。これは明らかに、小林みどりと若宮夕子による仇討ちなんです。青柳恒夫は、小林みどりが殺す。その代わり、羽田岩男は、若宮夕子が殺す。そういう形で、役割を分担していたんだと、思いますね」

「まるで、小説の世界じゃありませんか？」

皮肉を籠めて久我がいうと、十津川は、意外に小さく肯いた。

「そういえば、そうですね。気がつきませんでした。あの二人の女性は、小説の世界にいるのかもしれませんね」

「よく、意味がわかりませんが——」

「彼女たちには、ちょっと変わったところがあります。自殺した友だちのために男二人を殺すというのは、普通は考えられないことですからね」

「考えられないのなら、犯人は別にいるんじゃないですか？　考えられないといいながら、疑ってかかるのは、おかしいじゃありませんか」

久我は、抗議する口調でいった。

「しかし、彼女たち以外に犯人はいないと、確信しているのです。問題は世田谷の事件での若宮夕子のアリバイですが、今朝、彼女に会って質問したところ、あの夜、殺人があった時刻には、あなたと電話をしていたというのですよ。またしても、あなたです」

「確かに、あの夜は、彼女と電話していましたよ」

「時刻は？」

「この前にも、いいましたよ。夜の十時半頃に電話してきて、十分間ぐらい話したんです」

「そのあとも、電話しましたか？」

「そのあと、こちらから電話しましたよ」

「ちょっと、待ってください」

「何ですか？」

「こちらから電話したといいましたね？」

「ええ」

「ということは、十時半のときには、若宮夕子のほうから電話してきたんですか？」

と、十津川はきいた。

「それが、どうかしたんですか？」

久我は、きき返した。

「正直に、いってください。十時半のときには、彼女のほうから電話してきたんですね？」

と、十津川は念を押した。

久我は、なぜ十津川がそのことにこだわっているのか、ぴんときた。

夕子のアリバイが成立するかしないかが、かかっているに違いない。

久我のほうから夕子に電話したのなら、きっと彼女のアリバイが成立するのだ。だが、逆の場合は成立しないのだろう。

「残念ですが、十時半には、僕のほうからかけたんですよ」

と、久我はいった。

十津川は、複雑な表情になった。何ともいえぬ表情といったほうが、いいかもしれない。

「あなたは今、頭のなかで答えを変えましたね」

と、十津川はいった。

「レントゲンで、僕の頭のなかを見たんですか？」

「あなたが若宮夕子のことを好きなことは、わかっています。彼女には魅力があるから、あなたが好きになったのも、当然という気がしますよ。しかし、これが殺人事件なのだということも、よく考えてください。あなたは、二つの殺人事件の証人なんです。それを考えて、返事をして欲しいのですよ」

「そんなことは、わかっていますよ」

「羽田岩男はね、その後、マンションの管理人などの証言によって、あの日の午後十時二十分から四十分までの間に殺されたと、時間が限定されてきたのです。殺人現場であるマンションから若宮夕子のアパートまで、車で走っても二十分はかかるんです。つまり、あなたが十時半に彼女のアパートに電話したとき、彼女が出て十分間、話をしたことが事実とすれば、彼女には、絶対に羽田岩男は殺せないんですよ。逆に、その電話が彼女のほうからかかってきたのなら、アリバイは崩れます。なぜなら、彼女は殺人現場である羽田のマンションからあなたに電話して、アリバイ工作をしたことが、考えられるからです」

「羽田岩男という男を殺しておいて、その死体の傍から、電話したというんですか？」

「そうです」

「しかし、こんなことを、僕に話して、いいんですか？」

久我は首をかしげて、十津川を見た。

「前にもいったように私はすべてを話して、その上で納得して、証言してもらいたいからですよ」

と、十津川はいった。

「僕の気持ちは、変わりませんよ、僕のほうから十時半に電話したんです。彼女の電話番号を、いいましょうか？」

久我は、十津川に向かっていった。

「この男は理性的に話して、物のわかる人間じゃありませんよ」

と、亀井刑事がじろりと久我を睨んでから、十津川にいった。

「そうは、思わないんだがね」

「この男を、二人の女の共犯として、逮捕したらどうですか。最初は単なる証人でしたが、二度も嘘の証言をしたとなると、これはもう、完全な共犯者ですよ。逮捕するだけの理由は、充分だと思いますがね」

と、亀井はいう。

「逮捕したければ、すればいいじゃないですか」

久我は、いい返した。

「そんな強がりをいっていいのかね？　殺人事件の共犯ということになれば、何年も刑務所いきということになるぞ」

「裁判になったとき、僕は共犯者扱いされていても、弁護側の証人でもあるんですよ。僕は、彼女たちに有利に証言しますからね」

「久我さん」

と、十津川が口を挟んで、

「あなたは、物の道理のわかる人だと思っています。だから、こうして話をしているんです。先日は、飯田線での実験にも参加してもらったんです。あなたが若宮夕子を愛していることも、わかっています。しかしねえ、久我さん。愛情のために事実を曲げてしまうのは、彼女のためにもならないんじゃないかな。このまま彼女と小林みどりが、人殺しをしておきながら、何の罪にもならなかったとしたら、彼女たちは人生は甘いものだと、勘違いしてしまいますよ。また気に入らない人間を殺して、自分を好きになった男に嘘の証言をさせて、罪を逃れてしまう。人間というのは弱いもので、そうなってしまいますよ。それにあなたは、人殺しとわかっている女性と結婚する気ですか？　それで、うまくいくと思いますか？」

「――――」

久我は、黙っていた。

彼にだって、夕子と結婚してうまくいくかどうか、わかりはしないのである。簡単に、彼女と小林みどりが二人の男を殺したことを、忘れてしまうかもしれないし、あるいは、永久に忘れられずに苦しむかもしれないのである。

そんなことは、わからない。だが今、夕子を愛していることだけは、間違いないことだった。

だからこそ共犯を覚悟で、久我は、警察に抵抗しているのだ。

「いきがるのは、よせよ」

亀井が、ひやかすようないい方をした。

「別に、いきがってなんかいませんよ」

「いきがってるよ。愛のために、嘘の証言をしたんだ。証言を、ねじ曲げたといってもいい。愛する女を助けるためだ。とんだ、純愛物語だ。しかし、刑務所へ入ってもまだ、いきがっていられるかねえ」

「僕を挑発しようとしても、駄目ですよ。そんなことで、証言を変えませんよ」

「久我さんに、もう一つだけききたいことがあるんですがね」

と、十津川がいった。

「どんなことですか？」

「あなたが若宮夕子を愛していることは、よくわかりました。彼女のために証言を曲げたとしても、私は、亀井刑事のように、あなたがいきがっているとは、思いませんよ。私だって、家内が罪を犯したら、彼女のために嘘の証言をするかもしれませんからね」

「へえ、警部さんが、そんなことをいっていいんですか？」

「私だって、人間ですからね」

と、十津川は微笑してから、

「しかし、久我さん。私が家内のために偽証するのは、家内が私を愛してくれていることを、知っているからですよ。その愛に私は応えたい。だからです。あなたの場合、若宮夕子も、あなたを愛しているんですか？　その愛情に確信が持てるんですか？」

と、きいた。

「僕たちは――、いや、そんなことを警部さんに話す必要はないでしょう」

「私は、こう考えるんです。間違っているかもしれないが、まあ、きいてください。本当の愛情というのは、どんなものでしょうか」

「――」

「若宮夕子は、本当にあなたを愛しているんだろうか？　もし、本当に愛しているのなら、なるべく、愛する人に迷惑をかけないようにするのが、本当じゃないですか？　それなのに彼女は、あなたを殺人事件に引きずり込んで平然としている。それでも本当に愛しているといえるんだろうか？」

「僕の気持ちを動揺させて、証言を変えさせようとしても、無理ですよ」

「そんな気で、いってるんじゃありませんよ。そりゃあ、あなたが証言を変えてくれれば嬉しいですが、どうも、あなたにはその気がないらしいから、今はもう頼みません。ただあなたが、彼女に利用されているだけなら可哀そうだと思って、一言いっただけですよ」

「いらぬお世話ですよ。僕と彼女との間の問題に、口を挟まないで欲しいですね。逮捕するんなら、さっさと逮捕したらいいでしょう」

「あなたの愛情が、裏切られなければいいと思っていますよ。私はね。なぜだかわからないが、あなたが好きなんだ」

## 4

昼休みがすんで、十津川と亀井が帰ってしまうと、久我は喫茶店の電話を借りて、会社にいる夕子にかけた。

「今夜、どうしても君に会いたいんだ。君のアパートへいくよ」

久我がいうと、夕子は一瞬、言葉を呑み込むような感じで、黙っていたが、

「嬉しいけど、今夜は駄目なの。ごめんなさい」

「僕はどうしても、今夜、君に会いたいんだ」

「明日ならいいんだけど」

と、夕子がいう。

いつもの久我なら、あっさりと今夜は諦めて、明日にするのだが、今日は、十津川にきかされた話が耳に残っていたこともあって、

「今夜じゃなければ、駄目だ」

と、駄々っ子のようにいった。

「明日にしてくださらないの？」

「今日、また、刑事がきたんだ。いろいろときかれた。そのことで、どうしても君に会いたいんだ。今夜会ってくれないと、自分の気持ちがどうなるか、自信が持てないんだ」

「わかったわ。私のほうから、久我さんのマンションへいきます」

と、夕子はいった。

久我は少し早めに帰宅して、部屋に花を飾った。ワインも、用意した。

彼女のために、料理も作った。

夕子はやってきたが、なぜか落ち着きがなかった。

「今日は、どうしても早く帰らなければいけないの。ごめんなさいね」

「何か、用事があるの？」

久我は、少しばかりむっとしながら、きいた。

自分ならどんなことがあっても、夕子に対して、こんなせかせるようないい方はしないだろうと久我は思い、それだけに、つい、不満になってくるのだ。

「別に、用事はないんですけど、最近、少々疲れているんです。今日も、警視庁の十津川という警部さんから、また電話がかかってきたりして――」

夕子は、本当に疲れたというように、小さな溜息《ためいき》をついた。

いつもの久我なら、心配で、すぐ送って帰宅させるのだが、今日は、妙に意地になっていた。彼女の態度に、どこかよそよそしいところが感じられたからである。

（他に、男がいるのではないのか！）

一瞬、その疑念が、久我を襲った。

初めて感じた嫉妬《しっと》だった。

「僕はあなたのために、警察に脅迫めいたことまでいわれている。偽証罪だといわれるのはいいほうで、今日なんか亀井という刑事に、殺人の共犯で刑務所にぶち込んでやるといわれましたよ。しかし、僕は平気だった。君を愛しているからだよ。君のために、死んでも構わないとさえ、思っているんだ。それなのに、君に早く帰らなければいけないとかいわれたら、がっくりしてしまうんだ」

久我がいうと夕子は肯いて、

「わかったわ。私だって、久我さんの傍にいるのが楽しいのよ。ただあんまりあなたの傍にばかりいたら、かえってあなたの邪魔になるんじゃないかと思って」

「そんなことが、あるはずがないじゃないか」

「でも私って、傍にいてあまり面白い女じゃないから。あなたに退屈だなって、いわれるのが怖いの」

「君と一緒にいて、退屈するはずがないじゃないか」

「そういってくださると、嬉しいわ」

やっと、夕子は笑顔になってくれた。

久我のほうも、少しずつ疑惑が消えていくのを感じた。

（本当に少し、彼女は、疲れているのだろう）

と、久我は思い直した。

夕食のあと、少し酒を飲み、久我は、そっと夕子を抱いた。

「すぐにでも、結婚したいな」

と、久我は小声でいった。

「結婚？」

夕子はびっくりした顔で、久我を見た。

「ああ、僕はいつも一緒に君といたいんだ。だから、結婚したい。少し早過ぎるかもしれないが、考えておいてくれないか」

「いいわ、考えておくわ」

「僕と君とは、運命の糸で結ばれているんだと思う。刑事は、その糸は、君と小林みどりがこしらえたんだというが、僕は、そんなことは信じないんだ。本当に、運命だったんだと思っている。だから、その運命を大事にしたいんだよ。わかるだろう？」

「ええ、わかるわ」

「よかった。諏訪湖のペンションで会ったのも、飯田線に乗ったのも運命なら、僕と君とは、結ばれる運命なんだ。もし、それに逆らったら、神様の罰をうけるような気がするんだ」

久我が、真顔でいった。

「面白いプロポーズの言葉ね」

と、夕子は微笑した。

久我は、灯りを消した。今夜は、帰さないつもりだった。明日の朝まで夕子を抱きしめていることで、十津川の嫌な言葉を打ち消したかったのだ。

自分の腕のなかで、眠って欲しかった。その寝顔を見ていたら、自信が持てるだろう。

久我は、夕子をベッドに誘った。

抱きしめながら、久我は「愛してるよ」と、呪文《じゅもん》のようにくり返した。そうくり返すことで、自分の頭のなかから、彼女に対する疑惑を追い出そうとしている感じだった。

疲れて、久我がベッドの上に横になると、夕子が、伸ばした久我の腕に顔をのせて、眼を閉じた。
五、六分、そうしていたろうか。
夕子が、突然はね起きた。

「どうしたの?」

と、久我がきく。

「私、帰ります」

と、夕子がいった。

5

何が起きたのか、久我には見当がつかなかった。

のろのろと、ベッドに起きあがって、

「まだ、いいじゃないか」

と、いうのが精一杯だった。

夕子は、そんな久我の言葉など完全に無視して、せかせかと身じまいをしている。ボタンがうまくはまらないと、夕子はいらだって、引きちぎった。一刻も早くこの場を去らなければと思っている感じで、そのことが、久我をむっとさせた。

「まだ、十時を過ぎたばかりだぞ」

「――」

返事はない。

枕元にあったハンドバッグを、引ったくるようにして抱えて、夕子は何もいわずに、部屋を出ていこうとする。

久我はあわてて裸のまま、その前に立ちふさがった。

「僕と一緒にいるのが、嫌なのか？」

「そこを、どいてください」

夕子は、押し殺したような声でいった。

「僕が、警察に本当のことをいってもいいのか？　飯田線で、小林みどりが眠っていたといっているが、本当は、途中でいなくなっていたといっていいのか？　世田谷の殺人事件でも、君のアリバイは成立しないと、いっていいのかね？」

「ごちゃごちゃいわないで、そこを通してください！」

夕子は、久我を睨んだ。

一瞬、久我がひるんだほど、冷たく、憎しみに満ちた眼のように見えた。

何が何だかわからないままに、久我は身体をあけた。

その隙間《すきま》から、夕子は風のように飛び出していった。

久我は呆然《ぼうぜん》として、見送っていた。

（何があったのだろうか？）

久我はベッドに転がると、考え込んでしまった。

夕子は、久我の望んだとおり、彼の腕のなかで眼を閉じていた。

それが突然はね起きて、風のように、飛び出していったのだ。

（やっぱり、男がいたのだ）

と、久我は思った。

今夜、その男と何か約束をしていたのだろう。突然、それを思い出して、彼女ははね起きて、飛び出していったのだ。

立ちふさがった久我を睨んだ、あの、はねつけるような眼は、何だったのだろうか？

まるで、憎しみを籠めたような眼だった。

少なくとも、愛する男を見る眼ではなかった。

いやでも、十津川の言葉が思い出された。

十津川は、

「あなたが、若宮夕子を愛しているのはわかるが、彼女は、本当にあなたを愛しているんでしょうか？」

と、きいた。

夕子は、ただ単に、久我を利用したのだろうか？

最初に利用したのは、わかっている。問題は、そのあとだ。

お互い、愛し合うようになったと思っていたのだが、愛したのは、久我のほうだけだったのか。

久我は、ひどく自分が惨めに思えてきた。

警察に対する証言を変えて、夕子やみどりを有罪にしてやろうという気持ちは起きなかった。もしそんなことをしたら、なおさら自分が惨めになってしまうのは、わかっていた。

自分で自分が恥ずかしいのだ。耐えられないくらい恥ずかしかった。その恥ずかしさから、少しでも逃れようと思い、久我は新宿に出て、めちゃくちゃに飲んだ。

いつもなら、愉しくなるために飲むのだが、今夜は、ひたすら酔うために飲み続けた。

久しぶりに、道路に吐いた。何度も吐いた。

おまけに、路上で喧嘩をして、殴られ、財布を奪われもした。

何とか自宅のマンションに帰りつくと、泥のように眠った。眠れたのだけが、幸いだった。

翌日、眼をさました時には、とっくに出社時間を過ぎていた。

出社する気にはなれず、そのまま、ベッドに寝ていた。食事をするのも、面倒くさかった。

昼を過ぎた時、ふいにドアが開いた。

(夕子が、昨日のことを謝りにきたのだろうか?)

と、思って、久我は、ベッドの上に起きあがった。

彼女が「ごめんなさい」と、一言いってくれれば、甘いといわれようと、黙って抱きしめたいと思ったのだ。

しかし、入ってきたのは、十津川警部だった。

「あんたか――」

憮然とした顔で、久我は十津川をみた。今日は、警部一人だった。

「会社のほうへ電話したら、今日は出ていないというので、きてみたのですよ。鍵をかけてないのは、不用心ですね」

と、十津川がいった。

「今日は、何の用ですか?」

久我は、居間に十津川を迎えて、眼をこすった。

昨夜はワイシャツ姿のまま、眠ってしまったのだ。

そのワイシャツが、泥で汚れている。

身体のあちこちが痛いのは、昨夜喧嘩をして、殴られたせいらしい。

「事件が一つありましてね。あなたが知らないのなら、お教えしておこうと思って、きたんですよ」

「僕に、関係があることなんですか？」

「大いにありますね」

「まさか――」

一瞬、久我の顔色が変わったのは、夕子のことを思ったからだった。彼女が、どうかしてしまったのではないのか？

「小林みどりですが、彼女が自殺しました」

と、十津川がいった。

6

「自殺した？」

久我は事態が呑み込めなくて、きき返した。

「昨夜おそく、自宅アパートで首を吊って、自殺したのです。今朝になって、発見されました」

「なぜ、自殺したんですか？　何か遺書があったんですか？」

「いや、遺書は見つかりませんでした」

「じゃあなぜ、自殺なんかしたんですか？　僕は、彼女に有利な証言をしていたんだから、自殺する必要なんかなかったわけでしょう？」

「そう思いますがね」

「警察が自殺に追い込むほど、彼女を痛めつけたということは、ないんですか？」

久我がきくと、十津川は首を横に振って、

「そんなことはしませんよ。私は、彼女が名古屋で青柳恒夫を殺したと信じていますが、だからといって、自殺に追い込むような真似はしません。自殺されてしまったら、それは、捜査しているわれわれの敗北ですからね」

と、いった。

久我は、その言葉を信じた。この警部は、確かに卑劣な方法はとらないだろう。

「若宮夕子には、きいてみたんですか？」

久我は、きいてみた。

「われわれもすぐ、若宮夕子に当たってみようと思ったんですがね。会社にも出ていないし、自宅にもいないんですよ。久我さんは、ご存じありませんか？」

「いや、知りません。本当に、彼女は行方不明なんですか？」

久我は、昨夜の夕子の行動を思い出していた。あのまま、どこかに消えてしまったのだろうか？

「そうです。今のところ、行方がわかっていません。彼女なら、小林みどりの自殺の理由を、知っているんじゃないかと思うんですがねえ」

「まさか、彼女まで死んでしまったということは、ないでしょうね？」

久我がきくと、十津川は、じっと見返した。

「何か、それらしい心当たりでもあるんですか？」

「そういうことは、ありませんが――」

「久我さん。正直に話してくれませんか。小林みどりが自殺したことで、事態は変わってしまいました。ひょっとすると、若宮夕子まで自殺してしまうかもしれなくなってきています。若宮夕子に最後に会ったのは、いつですか？」

「――」

「会っているなら、正直に話してくれませんか？」

「昨日、会いました」

と、久我はいった。

「何時頃、どこでですか？」

「昨日の夜、ここへきてくれたんです。六時頃だったと思います。僕が夕食を作って、二人だけのパーティを開いたんです。酒も飲みましたよ」

「そのあとは？」

「いい雰囲気だったんです。そしたら突然、彼女が帰るといい出して、僕は、もう少しいてくれといったんですが、振り切るようにして帰っていったんです」

「何時頃ですか？」

「午後十時を、少し過ぎていたと思います」

「彼女と、喧嘩をしたんですか？」

「なぜですか？」

「いい雰囲気だったのに、突然、飛び出してしまったんでしょう？　とすると、喧嘩でもしたんじゃないかと思ったんですがね」

「それが、何もなかったんです。少なくとも、僕は、彼女に対して何もしませんでした。口論をした記憶もありません。突然、彼女が帰ると言い出したので、今でも何が何だか、わからないでいるんですよ」

「彼女が帰ってしまったあと、あなたは何をしたんですか？」

「どうしていいかわからないんで、新宿へいって飲みましたよ。ただひたすら酔いたくてね。今でも、二日酔いで、頭が痛いんです」

「若宮夕子がここを飛び出したのが、午後十時過ぎですか？」

「ええ」

「どうやら、小林みどりは、そのすぐあとで自殺したらしいのですよ」

「じゃあ、彼女が飛び出していったことと、小林みどりの自殺とが、関係があるというんですか？」

「わかりませんが、時間的には接近していると思いますよ」

と、十津川はいった。

# 7

一日が、空《むな》しく流れた。

久我は、何度となく夕子の会社に電話し、彼女のアパートにも電話してみたが、いつも彼女はいなかった。

どこかへ、消えてしまったのだ。

翌日、やはり出社する気になれなくて、久我は無断欠勤をした。

夕子がいなくなってしまった空白が、久我にとって、あまりにも大きすぎたのだ。

夜おそくなって、電話が鳴った。

(夕子からではないか)

と、思い、受話器を取って、

「もし、もし!」

と、叫ぶようにいったのだが、返ってきたのは、十津川の声だった。

「私です」

「なんだ。警部さんですか」

「若宮夕子が、見つかりました」

「本当ですか？　どこにいたんですか？」

「鎌倉から逗子あたりの海岸を、ずっと歩き回っていたらしいんです。どうやら、死ぬ気だったみたいですね」

「なぜ、そんなことに——？」

「これから、事情をきくところです。何かわかったら、また連絡しますよ」

と、十津川はいった。

久我はじっとしていられなくて、捜査本部のある世田谷署へいってみた。

十津川が、出てきた。

「どんな具合ですか？」

と、久我がきいた。

「今、亀井刑事が、取調べに当たっています」

「取調べって、彼女は犯人じゃないはずですよ。僕の証言で、アリバイが成立したんだから」

久我が異議を唱えると、十津川は妙な笑い方をした。

「もう、久我さんの証言は必要なくなりました」

「なぜですか？」

「彼女が今、自供をしているからです。小林みどりと共謀して、名古屋で青柳恒夫を殺したこと、それに世田谷で羽田岩男を殺したこともです」

「わけがわかりませんね。なぜ彼女は、急にそんなことをいう気になったんですか？」

「それを今、亀井刑事が彼女にきいているところです」

その亀井刑事は、十五、六分して姿を見せると、十津川を呼んで、何か話を始めた。

取調べの結果を、十津川に報告しているのだろう。

時々、二人が久我のほうを窺《うかが》っているのをみると、どうやら彼に関係した話をしているようだった。

亀井がいなくなると、十津川が久我のところに戻ってきて、

「若宮夕子は、すべてを自供しましたよ。名古屋で青柳恒夫を殺したのは、小林みどり、世田谷で羽田岩男を殺したのは、若宮夕子とわかりました。アリバイトリックも、こちらが想像したとおりのものでした。これで、今度の事件はすべて解決しました。あなたには、いろいろとご迷惑をおかけしましたが」

「僕を、偽証罪で逮捕しないんですか？」

「その必要は、なくなりました。若宮夕子が殺人を否認しているのなら、あなたを偽

証罪で逮捕することもあるでしょうが、彼女は今、殺人を認めましたからね。あなたを、偽証罪で逮捕する必要がなくなってしまったんですよ。私はね、必要のないことはやらない主義でしてね。これで、すべてが終わりました。あなたも、事件のことは忘れてください」

「ちょっと待ってください。僕にとって、事件は終わっていませんよ。夕子に、会わせてください」

と、久我は十津川に頼んだ。

8

「会わないほうが、私はいいと思いますよ」

十津川は、そういった。

「なぜですか?」

「たぶん、あなたが傷つくと思うからですよ。終わった事件のことは、もう忘れなさい」

「事件は終わったかもしれませんが、僕と彼女との関係は、まだ終わっていないんですよ。少なくとも、僕の気持ちのなかでは終わっていないんです。なぜ突然、彼女は僕の前から姿を消してしまったのか？　彼女に会って、彼女の口から、その理由をきかせてもらいたいんです」

「彼女は、あなたに会いたくないと、いっていますよ」

「それ、本当ですか？」

「亀井刑事が、彼女にきいたそうです。久我さんに、会いたいかとね。そうしたら彼女は、会いたくないといったそうです」

「信じられませんね。僕と彼女との間には愛があったと、今でも信じているんです。とにかく会わせてください。僕は、彼女の口から、直接、ききたいんです」

「結果は、あなたが傷つくことになってもいいんですか？」

「構いませんよ」

と、久我はいった。

十津川は、しばらく考えていた。

「いいでしょう。彼女に会わせましょう」

と、十津川はいってくれた。

「会うときは、二人だけで会うようにしてくれませんか？」

「いいでしょう」

十津川はいった。

久我は、取調室で、夕子に会った。

最初、彼女が別人に見えた。

そこにいるのは、今まで久我が知っていた夕子ではなかった。

鎌倉から逗子にかけての海岸をさまよっていたというだけに、服が汚れ、顔も汚れている。

しかし、久我を驚かせたのは、そうした汚れではなくて、彼女の表情だった。

暗い、いかにも暗い眼だった。しかも、その暗さのなかには憎悪があった。

明らかに、夕子は久我を憎んでいる。

ただ久我には、なぜ彼女が突然、自分を憎み始めたのか、わからないのだ。それを、知りたかった。

「僕には、君の気持ちがわからない。なぜ、急に変わったのか、それを教えてもらいたいんだ」

久我がいったとたん、夕子は突然、

「人殺し！」

と、叫んだ。

久我はあっけにとられて、夕子の引き攣《つ》っている顔を見つめた。

急に、彼女が堰を切ったように、わめき始めた。

「あなたのおかげで、みどりは自殺してしまった。あなたが彼女を殺したんだ。私はね、あなたなんか好きじゃなかった。虫酸が走るほど、嫌いだったわ。由紀の仇を討つために、仕方なく、あなたを利用したのよ。それなのに、やたらにのぼせあがって。あなたみたいな人を、私が本気で好きになると思うの？　冗談じゃないわ。私が好きだったのは、みどりだけよ。みどりが由紀の仇を討とうといったから、私も賛成したのよ。あなたなんか何とも思わなかったけど、みどりが、利用してアリバイを作ろうといったから、仕方なくあなたに近づいて、笑って見せたりもしたのよ。あなたは、それを勘違いしたのかどうか知らないけど、だんだん図々しくなってきたわ」

「――――」

「それにつれて、私と大事なみどりとの仲が、おかしくなってきたのよ。あの時、あなたを殺してしまえばよかったわ。そうしておけば、みどりが死ななくてもすんだのに。あの夜は、みどりと一緒に過ごして、彼女の誤解を解こうと思ってたのよ。それなのに、あなたは私とみどりを脅して、強引に私を抱いたわ。なぜ、それを断らなかったんだろう。なぜ、あなたのマンションなんかにいってしまったんだろう」

急に夕子が泣き出した。

久我はただ、呆然として見つめているより他はなかった。

「あなたが、殺したんだ！」

と、夕子はまた叫んだ。

「みどりは、私が、自分を捨てて、男に走ったと思って、絶望して自殺してしまったのよ。みどりが死んでしまったら、もうアリバイも何もどうでもよくなったわ」

「自分を――」

大事にしたほうが、と、久我がいいかけたとき、夕子はキッとした眼になって、

「出ていってちょうだい！　あなたがそこにいると、殺したくなるのよ！」

と、叫んだ。

久我は、自分が、その言葉で殺されたと思った。

# 特急「あさま」が運ぶ殺意

# 1

　警視庁捜査一課の北条早苗《ほうじょうさなえ》刑事は、六月七日、自分を可愛がってくれていた叔母、木崎弓子《きざきゆみこ》の葬式に出席するため、休暇をとり、小諸《こもろ》に向かった。

　木崎弓子は、小諸で小さな旅館をやっていて、大学時代、早苗は、夏休みによく泊めてもらった。

　女の子がいなかった叔母は、早苗を娘のように思っていたのだろう。まだ、叔父が生きていたころ、小さかった早苗を養女にしたいと、早苗の両親にいったこともあったらしい。

　六十歳を過ぎてから、独学でフランス語を習いはじめたりする頑張り屋の叔母だった。夫を亡くしたあと、一人でヨーロッパ旅行に出かけ、パリが気に入り、次には、永住するつもりで、フランス語を習いはじめたのである。

「パリの郊外でね、小さな旅館をやりたいのよ」

と、叔母はいっていたのだ。

早苗は、新宿九時二八分発の特急「あさま9号」に乗った。この列車だけが新宿発のせいか、シーズンオフにも拘《かかわ》らず、車内はかなり混んでいて、八〇パーセントくらいの乗車率だった。

九両編成の7号車自由席に腰を下ろす。隣りの窓際には、子供を抱いた若い女が先に座っていた。

年齢は、早苗と同じ二十六歳前後だろう。子供は、一歳半くらいの男の子だった。可愛い顔をしているのだが、やたらに動く。覚えたての言葉で、早苗に、しつこく話しかけてきたり、彼女の髪をくしゃくしゃにしたりする。

そのたびに母親が叱《しか》るのだが、子供は、いっこうに、いうことをきこうとしない。

「すいません」

と、若い母親が詫《わ》び、早苗は、

「いいんですよ」

と、笑ったが、多少、うるさいと思ったりもしていた。

早苗が、相手にならずにいると、子供は、母親の腕を振り切って、通路をよちよち歩きだした。母親はあわてて、つかまえに行く。

(私も、結婚して、子供ができたら、あんな甘い母親になるのだろうか？)

と、早苗は苦笑しながら見守っていた。

列車が軽井沢を過ぎたあたりで、疲れたのか、男の子は、母親の腕の中で眠ってしまった。

「寝てくれたのはいいんですけど、小諸で降りるんで、すぐ起こさなきゃならないんです」

と、母親は早苗に向かっていった。

「私も、小諸で降りるんです」

と、早苗はいった。

「そうなんですか？」

と、母親はコックリし、急に自分のことを喋《しゃべ》りはじめた。

自分の名前は小田《おだ》ゆみ子《こ》。子供の名前は敬介《けいすけ》。

東京で、一人の青年と知り合って、子供を産んだ。その男の名前は、生田敬太郎《いくたけいたろう》。

父親の名前の一字、敬をとって、敬介としたのだという。

「彼、東京で、デザインの勉強をしていたんですけど、私と知り合ったころは、売れなくて――」

と、ゆみ子はいった。

「それで、あなたが、助けてあげたんですね？」

「ええ。彼の才能に賭《か》けたんですよ。そのうちに、彼も、世の中に認められるようになってきて、この子も生まれて、幸せだったんですけど、突然、彼が交通事故で、亡くなってしまったんです」

「まあ」

「彼の両親が小諸に住んでいるのは、知っていましたけど、まだ、一度も行ったことがなかったんですよ。でも、あの人の子供を、ご両親にお見せしようと思って。ご両親にとっては、何といっても、孫になるわけですから」

と、ゆみ子はいう。

「きっと、お喜びになると思いますわ」

と、早苗はいった。

「そうだといいんですけど」

「小諸で、何をしていらっしゃるのかしら？」

「日暮亭《ひぐれてい》という料亭をやっていると、彼には、きいたことがあるんです」

と、ゆみ子はいい、ハンドバッグから一枚のハガキを取り出して、早苗に見せた。

それは、生田敬太郎に宛《あ》てたもので、次のように書かれてあった。


〈元気ですか？

手紙も、電話もないので、心配しています。デザインの仕事を諦《あきら》めて、うちの商売を継いでくれればと思ってるけど、それが駄目なら、ときどきは、元気な顔を見せに帰ってきてください。

日暮亭　母〉

「このお店なら、知っていますわ」

と、早苗はゆみ子にいった。

ゆみ子は、眼を大きくして、

「本当ですか？」

「ええ。小諸に親戚《しんせき》がいるんですけど、二度ほど連れていってもらったことがあるんです。大きなお店で、小諸一なんじゃないかしら」

と、早苗はいった。

「そんな大きなお店なんですか？」

「ええ」

「彼のご両親て、どんな人なのかしら？　優しい人だといいんですけど」

ゆみ子は、心配そうにいった。早苗は、励ますように、

「大丈夫ですよ。こんな可愛い、お孫さんの顔を見れば、いやでも優しくなりますよ」

「そうなら、嬉《うれ》しいんですけど」

と、ゆみ子はいってから、子供を抱えたまま片手で、ポットを取りあげて、

「紅茶をいかがですか？」

「いえ。今は、いりませんわ」

と、早苗はいってから、

「お子さん、抱いていてあげましょう」

と、いった。ゆみ子の紅茶を注ぐ動作が、いかにも窮屈《きゅうくつ》そうに見えたのだ。

寝てしまった子供は、重かった。さっきまでのやかましさが嘘《うそ》のように、男の子は

口を小さく開けて、正体なく寝息を立てている。

「本当に可愛いお子さんだわ」

と、早苗がのぞき込むようにしていったとき、突然、ゆみ子が呻《うめ》き声をあげた。

## 2

手に持っていたポットと、紅茶を注いだカップが床に落ちた。

ゆみ子は、眼をむき、のどをかきむしっている。

「大丈夫ですか？」

驚いて、早苗が声をかける。

ゆみ子は、必死の眼で早苗を見た。

「その子を――お願い――」

「すぐ、車掌《しゃしょう》を呼んでくるわ」

早苗は、子供を自分の座席に寝かせておいて、通路を乗務員室のほうに走った。

車掌を引っ張るようにして連れて戻ってくると、ゆみ子は、床に倒れて動かない。

「すぐ病院に運ばないと」

と、早苗がいった。

「まもなく、小諸です」

「じゃあ、駅に連絡して、救急車を待たせておいてください。それと、警察もお願いします」

早苗は、大きな声でいった。

小諸駅に着くと、ホームに、二人の救急隊員が、担架を持って待ってくれていた。

その二人がどかどかと乗り込んでくると、彼らに続いて、長野県警の刑事が五、六人入ってきた。早苗は、彼らに向かって、

「私は、警視庁捜査一課の北条です」

と、名乗った。相手は、半信半疑の顔で、

「あなたが？」

「そうです。そこに転がっているポットから、紅茶を飲んだ直後に、苦しみだしました。おそらく何かの毒物が入っているんだと思います」

早苗は、男の子を抱いた恰好《かっこう》で、てきぱきと県警の刑事たちにいった。

刑事の一人がハンカチを取りだして、ポットとカップを包むようにして拾いあげた。

その間に、小田ゆみ子の身体は、担架に乗せられて、列車からホームに移されてい

った。

早苗も、子供を抱いて、ホームに降りた。県警の刑事の一人が、早苗に向かって、

「運ばれた女性とは、お知り合いですか？」

と、丁寧にきいた。

「いえ。たまたま、隣りの席に腰を下ろしただけです」

「その子供は？」

「彼女の子供です」

「とにかく、小諸署へ来てください」

と相手はいった。

小諸警察署に着いたあと、刑事の一人が、小田ゆみ子の運ばれた救急病院に電話した。

森田《もりた》というその刑事は、小さく首を振って、早苗のところに来ると、

「亡くなったそうです。医者も、青酸中毒のようだといっていましたよ」

と、教えてくれた。

「そうですか」

とだけ、早苗はいった。

彼女の耳には、まだ、小田ゆみ子の最後の言葉が、残っていたからである。

小田ゆみ子は、切れ切れに、「その子を――お願い――」と、いった。

どうお願いしますという気だったのかは、早苗にもわからない。が、このまま放りだすわけにはいかないということは、わかっている。

小諸署は、殺人事件かもしれないということで、あわただしい動きになった。

「あなたに、くわしい事情をお聞きしたい」

と、三浦《みうら》という警部が早苗に声をかけてきた。

眼をさまして、ぐずっている男の子の面倒を頼んでおいて、早苗は、三浦警部の質問に答えた。

新宿から特急「あさま9号」に乗ったところ、隣りの席に彼女がいて、いろいろと話をしたこと。とても、自殺には見えないことなどである。

「彼女は、この町の料亭日暮亭の息子さんと東京で愛し合って、あの子を産んだと、いっていました。ところが、彼が交通事故で亡くなってしまった。それで、あの子を彼の両親に会わせようと思って、小諸へ来るところだったんです。彼女は、そう話していました」

「日暮亭なら、この町一番の料亭です」

「ええ。私の親戚も小諸にいますから、知っています」

「彼女は、浮き浮きしていましたか？」

と、三浦がきいた。

「初めて、彼の両親に会うというので、期待と不安の入りまじった顔をしていましたわ」

「彼女のハンドバッグを調べたんですが、身元を証明するようなものは、何も入っていないんですよ。名前は、何といっていました？」

「小田ゆみ子です。亡くなった彼の名前は、生田敬太郎。その敬をとって、生まれた子供には、敬介とつけたといっていました」

「たしかに、日暮亭の主人は、生田という名前です。それに、ハンドバッグには、生田敬太郎宛のハガキが一枚入っていましたね」

「そのハガキは、私も彼女に見せてもらいました」

と、早苗はいった。

「今の話が事実とすれば、彼女には自殺する理由がないことになるから、これは殺人事件だ」

三浦警部は、決めつけるような調子でいった。

「私は、あの子を日暮亭に届けたいんですけど」

と、早苗はいった。

「私も一緒に行きましょう。殺人事件となれば、私としても、日暮亭のご主人に、いろいろときききたいことがある」

と、三浦はいった。

早苗としては、一人で日暮亭に行き、主人夫婦に亡くなった小田ゆみ子のことを話し、子供を託された事情を話したかったのだが、殺人事件では、そんなわがままは許されないだろう。第一、今度の事件は、長野県警の所管なのだ。

早苗は、三浦とパトカーで日暮亭に向かった。

小諸は、城下町である。そして、「小諸なる古城のほとり——」という島崎藤村《しまざきとうそん》の詩で有名な町でもある。それだけに、JR小諸駅の近くに小諸城跡があり、少し離れて、藤村の碑や記念館がある。

日暮亭は、千曲川《ちくまがわ》のほとりにあった。

昔、有名な金持ちが別荘として建てたものを買い取って、料亭にしたというだけあって、広い庭や調度品の豪華さが自慢だった。

早苗は、わざと子供を連れずに、三浦警部と同行してきた。日暮亭の雰囲気をまず知りたかったし、三浦警部の捜査を邪魔したくなかったのだ。それに、子供はいつでも連れていける。

当主の生田専一郎《せんいちろう》に会った。小柄な眼の大きな男だった。年齢は六十歳ぐらいだろうか。

中庭の見渡せる奥の座敷に通された。

三浦は、

「素敵なお庭ですな」

と、一言ほめてから、

「今日、特急『あさま』の車内で、若い女性が死にました。殺人の疑いがあります」

と、いった。

生田は、眉《まゆ》をひそめて、

「それが、私どもと、何か関係があるのですか？」

「息子さんが、東京で交通事故で亡くなっていますね？」

「親不孝な息子で――」

と、生田はいった。

「その息子さんと関係のあった女性で、名前は小田ゆみ子さんです。亡くなった息子さんとの間に子供ができていて、ご主人にとってはお孫さんですな。そのお孫さんを連れて、こちらへ来るところだったんですよ」

と、三浦はいった。

早苗は、じっと生田の表情を見ていた。どんな感情が表われるか、それに関心があったからである。

生田の顔に表われたのは、驚きの色だった。それは、当然かもしれない。亡くなった小田ゆみ子は、初めて訪ねるのだといっていたからである。

だが、次の瞬間、生田の顔には、明らかに怒りとわかる表情が浮かんで、

「刑事さんは、わたしをからかっているのかね？」

と、声をあげた。

三浦警部は、あわてて、

「からかってなんかいませんよ。事実をお話ししただけです。警視庁の北条刑事が、くわしい事情を説明します」

と、いった。

早苗は、まっすぐ生田を見つめて、特急「あさま」の車内での出来事と、小田ゆみ

子が話してくれたこと、それに子供のことを説明した。

可愛い孫にすぐにでも会いたいというか、それとも、亡くなった息子の勝手な行動に腹を立てるか、どちらかだろうと、早苗は思っていた。腹を立てても、あの可愛い子供を見せれば、きっと気が変わると期待していたのだ。

だが、生田は、また、

「あなたまで、私をからかうのかね？」

と、強い語調できいた。

早苗のほうが、びっくりして、

「なぜ、そんなことを、おっしゃるんですか？」

と、抗議した。

「息子の恋人だった女性なら、もう、こちらに来ているからだ」

今度は、生田はいった。

と、早苗のほうが、あっけにとられてしまった。

「それ、本当ですか？」

「本当だ」

「その人、本当に、亡くなった息子さんの恋人なんですか？」

「そうだ」

「証拠は、あります？」

「息子の敬太郎と一緒に撮った写真を何枚も持っているし、息子と一緒に区役所に提出するはずだった結婚届も、持っている」

「でも、こちらの小田ゆみ子さんには、子供もいるんですよ」

「今、私のところに来ている女性にも、息子の子供がいる。まだ、彼女のお腹の中だがね」

「その女性、妊娠していらっしゃるんですか？」

「そうだ。三カ月だといっていた。亡くなった息子とは、正式に結婚はしていなかったが、私は、息子の嫁として迎えるつもりだし、お腹の子供は、孫として認めるつもりだ。あなた方のいう女は、ニセモノだ」

「いいえ。そちらの女性こそ、ニセモノですわ」

と、早苗は思わず甲高い声でいってしまった。

「北条さん」

と、三浦警部があわてて制止したが、早苗は、騎虎《きこ》の勢いで、

「その方に、会わせていただけませんか」

と、生田にいった。

「彼女は、疲れただろうということで、家内が近くの温泉に連れていったよ」

「疲れたって、どういうことなんですか？」

「今日、こちらに着いたばかりだからだよ」

「今日、着いたんですか？　何時にですか？」

「午後一時ちょっと過ぎだ」

と、生田はぶっきらぼうにいった。

ＪＲ小諸駅からこの料亭まで、車でせいぜい七、八分だろう。それを考えると、小諸には十二時半過ぎに着いたと考えられる。早苗の乗った特急「あさま9号」の小諸着がちょうど十二時だから、そのあとの列車に乗ってやってきたのだ。

「その女性の名前は、何とおっしゃるんですか？」

と、早苗は聞いた。

「尾花《おばな》幸子《さちこ》ときいているよ」

と、生田は相変わらず突っけんどんないい方をした。

## 3

「困りましたねえ」

と、料亭を出たところで、三浦警部が小さな溜息《ためいき》をついた。

「申しわけありません。つい、かっとしてしまって」

早苗が謝ると、五十代で、人の好さそうな三浦は、小さく手を振って、

「あなたのことじゃありません。仏さんのことですよ。この分だと日暮亭の主人は、引き取ってくれそうにありませんからね」

「子供のことも、心配ですね。お孫さんに当たるわけだから、てっきり、喜んで迎えてくれると期待していたんですけど」

早苗は、口惜《くや》しそうにいった。

「問題は、どちらがホンモノかということですね」

と、三浦はパトカーの中でいった。

「それは、決まっていますわ。殺された小田ゆみ子さんが、ホンモノですよ。だから殺されたんです」

と、早苗はいった。

「それが、証明できますか？」

と、三浦がきく。

「なんとかして、証明してみせます」

と、早苗はいった。まだ、小田ゆみ子の最後の言葉が、耳に残っているからだ。

「これは、どうしても、警視庁に協力していただかなければなりません。なにしろ、二人の女性も、彼女たちと関係のあったはずの男性も、東京にいたわけですから」

と、三浦はいった。

「この近くの温泉というと、何処《どこ》でしょう？」

「いろいろありますが、ほとんど一軒宿ですからね。それに、わざわざそこへ行って、泊まるということはないと思いますよ。自宅が有名な料亭なわけですからね。近くといっても、たぶん上田《うえだ》の別所《べっしょ》温泉とか、もう少し先の野沢《のざわ》温泉あたりに行ったんじゃありませんか」

と、三浦はいった。

念のために、小諸にある小さな温泉を当たってみたが、三浦が予想したとおり、生田の妻も尾花幸子という女も、行ってはいなかった。

小諸から離れた温泉というと、範囲が広すぎて、早苗が、一人で調べるのは難しかった。

もう一度、日暮亭に行き、生田に会って、どこの温泉へ行ったか教えてほしいと申し入れたが、生田は、そんなことを教える必要はないと、突っぱねるだけだった。

早苗は、仕方なく、子供を小諸署に預けておいて、おそくなったが、叔母の葬式に出かけた。

喪主には、一人息子の木崎浩《ひろし》が、なっていた。まだ、大学四年に在学中だった。早苗が、もし木崎家の養子になっていたら、浩と姉弟になっていたかもしれないのである。

いつも陽気な浩だが、今日は、さすがに神妙な顔付きをしていた。それでも、一段落すると、持ち前の明るさに戻って、

「変な顔をしているけど、どうかしたの？」

と、早苗に声をかけてきた。

「変な顔をしてる？」

「ああ。何か心配事でもあるみたいだよ」

「日暮亭という料亭があるでしょう？　あそこのご主人は、どんな人なの？」

と、早苗はきいた。

「小諸の町の有力者だよ。有力者というよりボスといったほうがいいかな。観光協会の理事長でもあるし、小諸の町をどうしようかというときには、彼の一言で、方針が変わってしまったりするんだよ」

と、浩はいった。生田に対して、あまりいい感情は持っていない感じだった。

「でも、お金持ちみたいね」

と、早苗はいった。

「ああ、大変な資産家だという噂《うわさ》だし、税金もたくさんおさめている」

「あの家のことに詳しい？」

「なぜ？」

「ちょっと、知りたいことがあるの」

と、早苗がいうと、浩は、考えていたが、

「それなら、竹田《たけだ》さんに聞いたらいい。長いこと日暮亭で働いていて、今は、自分で小さな喫茶店をやってる人だよ。この近くに店があって、ときどきコーヒーを飲みに行くんだ」

と、教えてくれた。

早苗は、一人で、その喫茶店に寄ってみた。午後六時を回っていたので、その店でトーストとミルクを注文し、それを食べながら、オーナーの竹田に話を聞くことにした。

竹田は、五十六歳で、日暮亭で社長の生田の運転手として、二十年近く働いていたという。

「東京で亡くなった息子さんのことを、聞きたいんです。名前は、たしか生田敬太郎さん」

と、早苗は話しかけた。

「ああ、敬太郎さんね」

と、竹田が肯《うなず》く。

「一人息子だったんでしょう?」

「そうね、一人息子だったよ」

「それなのに、なぜ家を飛び出して、東京へ行ってしまったんでしょうか?」

と、早苗はきいた。

「そうねえ。料亭じゃなく、ほかの仕事をしたいと前からいっていたし、他にもいろいろ嫌なことがあったんで、飛び出したんだと思うね」

「いろいろって、どんなことですか？」

「あの料亭は、生田さんが社長だが、弟さんが副社長で、腕を振るっている。生田社長は、威張っているという印象を人に与えるが、弟さんのほうは、腰が低くてね。人に好かれる。だが、私にいわせると、生田社長は、根はいい人だが、弟さんのほうは、何を考えてるのかわからない。一人息子の敬太郎さんは、この副社長と仲がよくなかった。そんなことも、東京へ行った理由の一つじゃないかと、思っているんだよ」

と、竹田はいった。

「一人息子の敬太郎さんが、東京で死んだときはどうでした？」

「そりゃあ、大変だったよ。なにしろ、あの料亭の跡取りだからね。あの社長が、初めて泣くのを見たよ」

と、竹田はいった。

「副社長のお名前は？」

「生田勇次郎《ゆうじろう》だよ」

「勇次郎さんは、そのときどんなふうでした。敬太郎さんが、東京で死んだとき」

と、早苗はきいた。

「あの人は、料亭の営業面を担当してるから、あのときは、仕事で外に出ていたね。

帰ってきてからは、社長をなぐさめていたよ」

と、竹田はいった。

「亡くなった敬太郎さんのことですけど、恋人がいたことは知っていました?」

と、早苗はいちばん聞きたい点に触れた。

「生田社長を車に乗せて走っているとき、ぼそっと、話してくれたことがあったよ」

「どんなふうにですか?」

「東京にいる息子に、恋人ができたらしい。結婚したら、ここへ、帰ってくるかもしれない。そんな話だったよ」

「それは、いつごろですか?」

と、早苗はきいた。

「さあ、いつごろだったかなあ。一年くらい前だったかもしれないし、もっと前かもしれない」

竹田は、あいまいないい方をした。

「その恋人の名前を、生田社長は、いいませんでしたか?」

「いったかもしれないが、忘れちまってるよ」

と、竹田は笑った。

「竹田さんは、いつ、日暮亭をやめたんですか？」

「一週間前だ」

「このお店は？」

「ああ、これは、前から家内がやっていた店でね。私が、転がり込んだ恰好《かっこう》なんだ。今、家内は、病気で二階で寝てるがね」

と、竹田は笑った。

「今、日暮亭に、死んだ息子さんの恋人が来ています。名前は、尾花幸子。この名前に聞き覚えは？」

と、早苗はきいた。

「さあ、今もいったとおり、私は、名前を覚えていないからね」

と、竹田はいった。

「ご馳走《ちそう》さま」

と、早苗はいい、代金を払って、その店を出た。

## 4

翌日、早苗は、一歳半の敬介を連れて、東京に戻った。

東京駅に着くと、子供を連れて、そのまま警視庁に顔を出した。

「小諸に行ったと思ったら、子供を作ってきたのか」

と、若い西本《にしもと》刑事はからかったが、十津川は、

「その子が、車内で死んだ女性の子かね？」

と、きいた。

「そうです。預け先がないので、連れてきました」

と、早苗はいった。

子供は、椅子にちょこんと腰を下ろして、

「アイスクリー」

と、いう。

「買ってきてやれ」

と、十津川は西本刑事にいってから、早苗に、

「くわしい話を聞こうか」

と、促した。

早苗は、特急「あさま」の車内で起きたこと、小諸に着いてから調べたことを、十津川に話した。

「亡くなった一人息子の恋人が、二人か」

と、十津川はいった。

「今、日暮亭にいる女は、ニセモノに決まっています」

早苗は、きっぱりといった。

「つまり、特急『あさま』の車内で死んだ女が、ホンモノだというんだね？」

「はい」

「理由は？」

「死ぬ直前に、私に向かって、あの子を頼むといいました。あの眼に嘘《うそ》はありませんわ」

と、早苗はいった。

「思い込みは、危険だよ」

傍から、亀井刑事がいう。

「でも、あの言葉が嘘だとは、とても思えません」

「人間は、死に際して、必ず真実をいうというのは、神話だよ」

と、亀井はいった。

「彼女の眼を、今でも覚えているんです」

「本当のことをいったか、嘘をついたか、調べればわかるだろう」

と、十津川は口を挟んで、

「はい。そのつもりです」

「西本刑事と一緒に調べてみたまえ」

と、十津川はいった。

早苗は、西本と一緒に、パトカーで出かけることにした。

「問題の女の住所は、わかってるの？」

と、西本は、車のハンドルをつかんで、助手席に座った早苗にきいた。

早苗は、手帳を取り出して、

「彼女のハンドバッグの中に、住所を書いたメモが入っていたわ。ええと、世田谷区《せたがや》
太子堂《たいしどう》×丁目のヴィラ太子堂《たいしどう》４０６号となってるわ」

「まず、そこに行ってみよう」

と、西本はいい、アクセルを踏んだ。

桜田門《さくらだもん》から、車を飛ばした。

世田谷区太子堂に着くと、問題のヴィラ太子堂というマンションは、すぐわかった。

二人は、車を降り、管理人に小田ゆみ子の名前をいってみた。

「この406号室に住んでいる女性のはずなんですけど」

と、早苗は警察手帳を見せてきいた。

管理人は、変な顔をして、

「406号室にもなんにも、うちのマンションには、小田ゆみ子さんなんて方は、いませんよ」

「いない？」

「ええ」

「今ではなく、昔もですか？」

「私は、ここの管理人になって、三年ですがね。その名前の人は、住んだことがありませんよ」

早苗は、特急「あさま9号」で乗り合わせた、小田ゆみ子の容貌や印象を、詳しく説明した。

管理人は、それをじっと聞いていたが、小さく頭を横に振って、

「そのような女性、見たことありませんねえ」

と、いった。

念のために、住人の一人に当たってみたが、結果は同じだった。

「おかしいわ」

と、早苗は首を振りながら、パトカーに戻った。西本は、身体を運転席に滑り込ませてから、

「そんなにがっかりしなさんな。もともと、彼女の持ち物には、身元を証明するようなものは、一つもなかったんだろう?」

「ええ。そのあと、唯一、見つかったのが、あのマンションの住所を書いたメモだったのよ」

「それなら、彼女の住所かどうか、わからないじゃないか。それともニセの住所だったのかもしれない。本当の住所を調べられると、生田敬太郎の恋人ではないことがバレると思って……」

と、西本はいってから、

「これから、どうするね?」

「生田敬太郎が住んでいたマンションに、行ってみるわ」

「彼が、交通事故で亡くなったのは？」

「今年の五月九日の夜」

「じゃあ、一カ月も前じゃないか。それじゃあ、もう何も残っていないよ」

「でも、どんな女と一緒にいたか、聞けると思うわ」

と、早苗はいった。

小田ゆみ子が見せたハガキには、中野《なかの》区内のマンションが、宛先として書かれてあった。

二人は、そのマンションを探した。東中野《ひがしなかの》のマンションだった。502号室に、すでに生田の名前はなかったが、管理人にきくと、たしかに、生田敬太郎がここに住んでいたという。

「いかにも、育ちのいいのがわかるような青年でしたねえ」

と、管理人はいった。

「彼のところに、女性が来ることはありませんでしたか？」

と、早苗がきくと、管理人は、ニッと笑って、

「ときどき女の人が来ているようでしたね。私が女性の顔を見たのは、一度だけです

が」

早苗は、また、ヴィラ太子堂での説明を繰り返した。

管理人は、顔を横に振って、

「違いますねえ。そんな女性は知りませんよ」

と、いった。

「違うんですか？」

「ええ。少なくとも私が見た女性は、その人じゃありませんよ」

と、管理人はいう。

早苗が当惑して、黙ってしまうと、西本が管理人に向かって、

「各部屋の郵便物は、一階の郵便受けに入れていくわけだね？」

と、きいた。

「そうです。あそこに並んでいる郵便受けに、入れていきますよ」

「カギのかかっている箱は、少ないですね」

「ええ。べつに、盗まれて困るような郵便物はないからでしょう。書留などは、直接、各戸へ配達されますから」

と、管理人はいう。

「生田さんも、カギはかけていなかったですか？」

「ええ。かけていませんでしたね」

と、管理人はいった。

「それなら、ハガキを一通、盗むぐらいは簡単だったはずだね」

と、西本はいった。

5

早苗と西本は、車に戻った。

「元気を出せよ」

と、西本は軽く早苗の肩を叩いた。

「なぜ、彼女は、嘘をついたのかしら？　私に嘘をついたって、しかたがないのに」

早苗は、憮然《ぶぜん》とした顔になっていた。

「君の感傷だよ」

と、西本は早苗に向かって、いった。

「感傷って、何のこと？」

早苗は、相変わらず、不機嫌な顔できいた。

「死は、どうしても、人間を感傷的にする。眼の前の死は、なおさらだよ。君はひどく感傷的になって、日ごろの頭のよさが消えてしまって、感情だけで物事を判断しようとしている」

と、西本はいった。

「心理分析をどうもありがとう。つまり、私がバカだというんでしょう?」

「個人的にいえば、そういう君は、いつもの冷静な君より好きだがね」

と、西本は笑った。

「何をいってるの?」

「君は、死に際して、子供のことを自分に頼んだ小田ゆみ子という女が、嘘をつくはずはないと信じ込んでいるんだよ」

「感傷で?」

「そうさ。日暮亭は、資産家なんだろう。そのうえ、死んだ生田敬太郎は、そこの一人息子だった。その男の恋人で、しかも忘れ形見がいれば、将来、日暮亭の全財産を継げるわけだ。だから、ニセモノが出てきても、おかしくはないんだよ。それに、生田敬太郎は、有名人じゃなかったんだ。当然、その私生活がどんなだったかと知る人は、少ないはずだ。となれば、ニセモノが出てくる確率は、大きくなってくる」

「小田ゆみ子が、ニセモノだと決めつけるの？」

と、早苗は怒った顔で西本を見た。

「今までのところ、ニセモノだという結果しか、出ていないじゃないか。ホンモノの証拠は、何も持っていなかったんだろう？　唯一の証拠となる住所も、でたらめだったしね」

と、西本はいった。

「でも、彼女がニセモノなら、なぜ、殺されたの？　おかしいじゃないの。ニセモノで、日暮亭の財産を引き継ぐ資格がない人間なら、なぜ殺す必要があるの？」

早苗は、腹立たしげにきいた。

西本は、肩をすくめて、

「僕にいわれても困るよ。次に行くところがないんなら、いったん戻って、警部に報告しようじゃないか」

と、いい、車をスタートさせた。

警視庁に戻って、報告すると、十津川は、黙って聞いていたが、

「北条君は、大いに不満なようだね」

と、早苗に声をかけた。

「はい。私は、私の手をとって、子供のことを頼むといった小田ゆみ子が、ホンモノにちがいないと思っています」

早苗がいうと、西本が横から、

「それは、彼女の感傷だと、いったんですがねえ」

「でも、ニセモノなら、なぜ殺されたの?」

「まあ、落ち着いて、考えるんだ」

と、十津川は苦笑しながら、二人にいい、

「小田ゆみ子という女性が、ホンモノかニセモノかはわからない。だが、毒殺されたことだけは、間違いないんだ。まさか、一歳半の子供を置き去りにして、自殺はしないだろうからね。殺人なら、犯人を見つけ出さなければならないんだよ。それを忘れては困る」

「まず、小田ゆみ子と名乗った女の素性《すじょう》を、知りたいですね」

と、亀井が顔を出して、十津川にいった。

「今のところ、小田ゆみ子という名前が、本名かどうかもわからない。その段階なんだろう?」

十津川は、早苗と西本を見た。

「そのとおりです」

と、西本が肯く。

十津川は、早苗に向かって、

「彼女は、君に、何か身元がわかるようなことをいわなかったかね？　どこの学校を出たとか、何をして働いているのかとか、何処に住んでいるとかだが」

「それを必死に考えているんですが、彼女はそうしたことは、何もいいませんでしたわ。こんなことになるのなら、いろいろと聞いておくんでしたけど」

早苗は、口惜しそうにいった。

「さっき、長野県警から、彼女の指紋を送ってきたので、警察庁で照合してもらったんだが、前科者カードにはなかったそうだよ」

と、十津川はいった。

「この子は、何か知りませんかねえ」

亀井は、椅子の上で眠っている男の子に、眼をやった。

よく寝る子だ。というより、一歳半なら、このくらいは寝るのだろう。

「あの子、どうしますか？」

と、西本がきいた。

「私が、連れて帰って世話します」

と、早苗がいうと、亀井が手を振って、

「独身の君には、無理だ。警部も、子供を育てた経験がないから無理ですな。私のところは、二人の子供を育てていますから、慣れてます。今度の事件が解決するまで、私のところで預かります」

と、申し出た。

結局、早苗も十津川も自信がなく、亀井に委せることになった。

「うちのカミさんに、何とか、あの子から、必要なことを聞き出すように、いっておきますよ」

と、亀井はいった。

「名前は、敬介というのかね？」

と、十津川が早苗にきいた。

「彼女が、亡くなった敬太郎の一字をとって、つけたといっていました」

「その名前は、本当かもしれないよ。子供の靴にケイスケと名前が書いてある」

「気がつきませんでした。それなら、彼女の言葉は嘘じゃなかったんですわ」

「いや、それは決められないよ。自分の話を本当らしく思わせるために、子供の靴にケイスケと書いておいたことだって、考えられるんだ」

と、十津川はいった。

「これから、どうしますか？　一歳半の子供の言葉には、期待できませんよ」

と、西本がいった。

「生田敬太郎という男のことを、徹底的に調べる。大学は、東京だ。そのときの友人たちに話を聞く。卒業後、家業を継ぐのが嫌で、東京に戻り、デザインの勉強を始めた。そのころの仲間にも会って話を聞くんだ。そうすれば特急『あさま』の車内で死んだ女が、彼の恋人だったか、それとも、今、生田家にいる尾花幸子がホンモノなのか、自然とわかってくるんじゃないかね」

と、十津川はいった。

翌日から、刑事たちは、手分けして、生田敬太郎の友人、知人を探し、話を聞くことにした。その聞き込みの中から、早苗が一つ、興味のあることを耳にしてきた。

「生田敬太郎と親しかった女性が一人、自殺しているんです」

と、早苗は帰ってきて、十津川にいった。

名前は細川《ほそかわ》やよい。彼と同じデザイナー志望だったという。

写真で見る彼女は、デザイナー志望というより、モデルの感じだった。

「美人だね」

と、十津川が感心すると、

「モデル出身なんです。生田敬太郎のマンションの管理人に見せたら、彼女は、彼に会いに来ていたといいました。周囲の人間は、二人を似合いの恋人同士だと、認めていたし、当然、二人が結婚するものと思っていたようです」

「すると、この細川やよいが、本命だったわけかね？」

「そうなんです。生田敬太郎は、ハンサムだし、家は資産家です。デザインの才能もあったといいます。つまり理想の恋人なわけで、彼の恋人になりたい若い女は、何人もいたみたいです。でも、彼が、恋人として、付き合っていたのは、この細川やよいだけだったと、友人たちはいっています」

と、早苗はいった。

「その彼女が、なぜ、自殺したんだ？」

「わかりません」

「自殺に間違いないのかね？」

「それは、間違いありません。自宅マンションの五階から飛び降りたんですが、両親宛の遺書があり、それを借りてきました」

と、早苗はいい、便箋《びんせん》に書かれた遺書を十津川に渡した。

〈お父さん、お母さん、ごめんなさい。

私が、彼を愛しすぎたのがいけないのです。立ち直ることができません。

死ぬことが、いちばんらくに思えます。

許してください。

やよい〉

「これでは、なぜ、自殺したのか、わからないね」

と、十津川は首をひねった。

「そうなんです。二人の友人たちも、彼女の両親も、わからないといっています」

「生田敬太郎は、知っていたろうが、その彼も死んでしまっているか」

「はい」

「彼女が自殺したのは、いつなんだ？」

「去年の十二月二十日です」

「じゃあ、半年前か」

「そうです」

「彼女が生きている間は、他の女には、見向きもしなかったというんだな？」

「はい」

「とすると、おかしくなってくるねえ。君の知っている小田ゆみ子は」

「そうなんです。子供が一歳半というのが、合わなくなってきます」

と、早苗はいった。

「生田敬太郎の事故死は、本当の事故死なのかね？」

「車にはねられての死亡であることは、間違いありません。犯人は、まだ捕まっていませんが」

と、西本が傍からいった。

「それなら、過失致死なのか、最初から、殺す気ではねたのか、わからんじゃないか」

「そういえば、そうですが、殺人とすると、犯人の動機が不明です」

「しかし、彼の死と前後して、恋人が自殺し、彼の子供という男の子を連れた女が、毒殺されているんだ。彼の死だって、怪しくなってくるじゃないか」

十津川は、眼を光らせた。

「そのとおりだと思いますが、うまく証明できますかね」

と、亀井はいった。

「少なくとも、三つの事件のうち、二つは証明がつくよ。犯人の目当ては、日暮亭の財産だ。まず、車ではねて、生田敬太郎を殺してしまう。それから、彼との間に生まれたという子供を連れた女が、日暮亭に乗り込む。彼女と子供をニセモノと証言できる人間は、死んでしまっているわけだから、安心して乗り込めるわけだよ。血液型が合い、生田敬太郎の所持品を何か持っていれば、彼の両親を説得できる」

と、十津川はいった。

「小田ゆみ子の場合なら、生田敬太郎の母親のハガキというわけですか？」

「だろうね」

「しかし、警部。北条刑事もいっていますが、なぜ、彼女が殺されたのかという疑問が、残ってきます」

と、西本がいった。

「北条君は、だから、小田ゆみ子はホンモノだと思うわけだね？」

「そうです。ニセモノなら、いずれバレるわけですから、べつに殺さなくてもいいんじゃないかと思いますわ」

早苗が、きっぱりといった。

「彼女が生田敬太郎の子供を連れて、小諸の日暮亭を訪ねるところだったということは、新聞に出たのかな？」

と、十津川がきいた。

「いいえ。出ていません。私がマスコミに何もいいませんでしたし、日暮亭のほうも沈黙していますから」

と、早苗がいった。

「全部、マスコミに出してみよう」

と、十津川はいった。

「全部といいますと、どこまででしょうか？」

「君の知っていること全部だよ。特急『あさま』の車中で、彼女と交わした会話を、そのまま発表すればいい」

と、十津川はいった。

長野県警にも了解を求めておいて、十津川は、記者会見を開き、北条刑事に事実を喋《しゃべ》らせた。

早苗は、小田ゆみ子が今でもホンモノと思っているから、そのままに話した。十津川も、べつにそれを直させなかった。

ストーリイがマスコミ向きだったのか、この記者会見の模様を全紙が伝えた。テレビも取りあげた。

十津川は、それに対する反応を見たかったのだ。

日暮亭のほうは、沈黙を守ったままだった。完全に黙殺するつもりらしい。だが、新聞、テレビが取りあげてくれたにも拘《かかわ》らず、十津川の期待する反応は、なかなか現われなかった。

日暮亭のほうには、記者が何人か押しかけたようだったが、それも十津川の期待する反応ではなかった。

記者会見があってから三日目の午後になって、一つの電話が十津川にかかった。

十津川が出ると、男の声が、

「新聞に出てた小田ゆみ子は、ニセモノだよ。生田敬太郎の恋人じゃないよ」

と、いきなりいった。

十津川は、わざとあまり興味のないという調子で、

「証拠があるのかね？」

「そりゃあ、どうかな。いろいろいってくる人間がいるからね」

と、十津川はいった。相手は、一瞬、黙ってしまったが、

「とにかく、あの女はニセモノだよ」

と、繰り返した。

「じゃあ、ホンモノは、細川やよいかね？」

「あの女ね。あの女は、可哀そうだった。最後まで、敬太郎の恋人として、死んでいったんだから、ある意味じゃあ、幸せだったかもしれないけど」

と、相手はいう。

「それなら、小田ゆみ子だって、死ぬ間際に、連れの子供は、生田敬太郎の忘れ形見だといっているよ」

「そんなことは、ありえないんだよ」

「だから、なぜ？　それを話してくれないと、君の言葉は信用できないね」

「ボクの言葉を信用しないと、あとで大変なことになるよ」

「そういわれてもね。君が証拠というものを見せてくれないと、信用できないよ」

「それなら、勝手にしろ！」

「もちろん、あるさ」

と、相手は怒った声でいい、電話を切ってしまった。

十津川には、この電話をどう解釈していいかわからなかった。

さらに二日たった。今度は、夜である。十津川に、同じ男の声で電話が入った。

「すぐ会いたい」

と、男はいきなりいった。

「なぜだね？」

「理由《わけ》は、会って話すよ。駄目なら、もう電話はしない」

「わかった。こっちへ来てくれるかね？」

「それは、駄目だ。来てくれ」

と、男は押し殺したような声でいった。

「何処へ行けばいい？」

「大塚《おおつか》駅の近くにあるホリデイ・大塚《おおつか》というビジネスホテルだ。そこの702号室にいる。ドアを三回叩いてくれ」

「わかった。これから行く」

「あんた一人で来てくれ。一人だ」

と、男は念を押した。

十津川は、電話を切ると、亀井には行き先をいって、一人で出かけた。

JR大塚駅を降りて、駅前広場を見廻《みまわ》すと、ホリデイ・大塚のネオンが見えた。細長いビジネスホテルだった。

十津川は、中に入っていった。ロビーもフロントも小さい。エレベーターも一基しかなかった。

それに乗って七階にあがり、702号室のドアを三回ノックした。

ドアが細めに開き、チェーンをかけたまま、若い男が、

「十津川さんか？」

と、きく。十津川は、警察手帳を見せた。ドアが開いて、男は、

「入ってくれ」

と、いった。

シングルルームでも、狭いほうだろう。椅子《いす》が一つしかないので、十津川が腰をかけると、相手はベッドに腰を下ろした。

「追《つ》けられなかったか？」

と、男はきいた。

「大丈夫だが、何を怯《おび》えているんだ？」

と、十津川はきいた。

「昨日、殺されかけたんでね」

と、男はいった。嘘ではない感じだった。妙に眼のきれいな男だった。

「誰に、なぜ殺されかけたんだ？」

十津川がきくと、男は、

「それより、ほかに聞きたいことがあるんだろう？」

と、いった。

6

十津川は、煙草を取り出し、相手にすすめたが、男は、

「ボクは吸わないんだ。彼が嫌がったからね」

と、いった。

十津川は、断わってから、火をつけて、

「小田ゆみ子が、ニセモノだといったが、なぜなんだ？」

「あの女は、敬太郎のまわりにいた女の一人だが、彼とは何の関係もないんだ」

「なぜ、関係がないといえるんだね？」

「ボクは、ないことを知ってるからだよ」

「今、日暮亭には、尾花幸子という女が、これも生田敬太郎の恋人だったし、彼の子供がお腹の中にいるといっているんだが、彼女は、どうなんだ？」

「もちろん、違う。敬太郎の恋人じゃない」

「それも、君が違うというからか？」

「ああ、そうだ」

「しかし、いくら君が――」

と、いいかけて、十津川は言葉を切り、じっと相手を見つめて、

「さっき、君は、妙なことをいったね」

「――」

「煙草を吸わないのは、彼が、嫌がったからだといった。彼女ではなくて」

「――」

「そうか。君と、生田敬太郎とは、そういう関係だったのか」

と、十津川がいうと、男の眼に光るものが浮かんだ。

「ボクは、本当に敬太郎を愛していたんだ」

「彼のほうもかね？」

「ああ、もちろん」

「しかし、細川やよいは、どうなんだ？　周囲の人間は、みんな、似合いの恋人同士だといっていたんだろう？」

と、十津川はきいた。

「あれは、敬太郎が、必死に芝居をしていたんだ。両親の期待に添いたいという気持ちとか、周囲にゲイだと知られたくないという気持ちとかがあって、細川やよいと恋人同士の芝居を演じていたんだよ」

と、男はいった。

「彼女のほうは、それを知らなかった？」

「彼女、敬太郎のことを好きだったからね。ボクは、たいていの女は嫌いだが、彼女は好きだったよ。女には珍しく、繊細な神経の持ち主だからさ。でも、だから、自殺しちゃったのかもしれないよ」

男は、声を落としていった。

「つまり、彼女は、ある日、生田敬太郎の本当の姿を知って、絶望したということかね？」

「それほど、純粋に、敬太郎を愛していたんだろうね。ボクも敬太郎にいったんだ、彼女は、自殺するかもしれないよってね。でも、彼はいってた、努力しても、駄目なんだって」

「彼が、自動車事故で死んだのを、君は、どう思う？　単なる事故と思うかね？」

と、十津川はきいた。

男の表情が動いた。が、小さく首を振って、

「ボクには、なんともいえないな。警察が、調べてくれればいい」

と、いう。

「何か、怖がっているみたいだな」

「そんなことはないよ」

「昨日、殺されかけたことと、関係があるのかね？」

と、十津川はさらにきいた。

「もういいだろう。あんたの必要なことは、話したんだ」

と、男はいった。

「君の名前を教えてくれないか」

「大城《おおしろ》イサオ。年齢は不詳」

とだけ、男はいい、あとは黙ってしまった。黙りこくったあとは、生田敬太郎との思い出に、逃げ込んでしまったように見えた。

7

十津川は、警視庁に帰ると、亀井たちを呼び集めた。すでに深夜に近い。

十津川は、集まった刑事たちに大城イサオの話を伝えた。

「私は、彼の話は信じていいと思っている。裏付けは今のところないし、ただの私の感触なんだがね」

「生田敬太郎がそのとおりだったとすれば、細川やよいが自殺した理由が、わかってきますね」

と、亀井がいった。

「しかし、そうだとすると、生田敬太郎の恋人だと自称する女は、全部、ニセモノということになりますね。それなのに、なぜ、ニセモノが二人も出てきたんでしょうか？」

西本が、首をかしげてきいた。

「それは、考えようだよ」

と、十津川はいって、

「彼がゲイだとすれば、女の恋人は、一人もいなかったことになる。すべてニセモノだよ。だから逆にいえば、私こそ彼の恋人だと主張しても、ホンモノが出てきて、違うといわれる心配はないわけだよ」

と、つけ加えた。

「つまり、ニセモノが、何人も出現する余地があるということですね」

と、亀井がいった。

「でも、すべて大城イサオという男の言葉が、事実だと仮定してのことですわね」

と、早苗がいった。

十津川は、「そのとおりだよ」と肯いてから、西本と早苗の二人に、

「君たちで、この男のことを調べてくれ。それから、彼を守ってもらいたいんだ。殺されかけたといっていたからね」

「それは、本当なんでしょうか？」

「明らかに怯えていたね」

と、十津川はいった。

「誰が、あの男を狙《ねら》うんでしょうか？」

と、西本がきいた。

「おそらく、生田敬太郎が、ゲイだと知っているただ一人の人間だからじゃないかね。彼は、生田敬太郎を愛して、相手も彼を愛していたから、それを知っていたんだろう。そういう人間に生きていてもらいたくないから、殺そうとしたんじゃないかね」

と、十津川はいった。

西本と早苗は、すぐ出かけていった。

亀井は、それを見送ってから、

「われわれが大城イサオのことを調べ出したとわかると、彼がますます危険になってくるんじゃありませんか？」

と、十津川にきく。

「カメさんのいうとおりだ」

と、十津川は肯く。日下《くさか》と清水《しみず》の二人の刑事にも、西本たちを助けるように命じた。

残った亀井は、十津川と自分のためにコーヒーを淹《い》れた。いつも、泊まり込みになると、亀井がコーヒーを淹れてくれる。

十津川は、そのコーヒーをブラックでゆっくり飲みながら、

「これからは生田敬太郎のようなケースが、たくさん出てくるんだろうね」

と、亀井にいった。

「アメリカでは、ゲイの人たちが、グループで政治活動をしていますからね」

「ただ、その男が一人息子の場合、両親は困るだろうね。当然、子供はできなくなるから、その家系は絶えてしまう。家というものを何よりも尊重する昔気質《かたぎ》の人間には、恐ろしいことに映るんじゃないかな」

「今度の生田家みたいなケースですか？」

「その家が資産家なら、よけい面倒なことになってくる」

「割り切って、養子をもらえばいいと思いますが」

と、亀井がいう。

「そうかもしれないが、血のつながりを重視する人も多いんだ」

と、十津川はいった。

三時間ほどして、西本から電話が入った。

「日下と清水の二人が来てくれて、彼らが、現在、大城のビジネスホテルを見張っています」

「それで、大城イサオについて、何かわかったかね？」

と、十津川はきいた。

「住所は、六本木《ろっぽんぎ》のマンションで、部屋代五十万の高級マンションです。ポルシェを愛用していますが、現在、ブレーキ故障で修理に入っています。どうやら、ブレーキに細工されたらしく、大城は、おかげで死にかけたといっていたようです。部屋には入れませんでしたが、管理人の話では、贅沢《ぜいたく》な調度品で埋まっているそうです」

「金があるんだな」

「引っ越してきたのは、三カ月前だそうで、贅沢品をどんどん買い込むので驚いたと、管理人はいっています」

「つまり、最近、金廻りがよくなったということだね？」

「そのようです。大城は、生田敬太郎と同じデザイナーですが、デザイナーとしては、無名に近い存在のようですね。才能はあるといわれているんですが、人づきあいが悪いので、この世界では、認められないという人がいます。それで、生活は苦しかったらしいんですが、急に金廻りがよくなって、周囲の人間は、びっくりしていますね。なかには、何か悪いことをしているんじゃないかと、疑っている人間もいます」

「犯罪か？」

「覚醒剤《かくせいざい》の密売に手を出しているんじゃないかとかです」

「クスリか」

「彼自身、前に、それで捕まったことがあるからのようです」

「なるほどね」

と、十津川は肯いてから、

「大城は、最近、どんな人間と付き合ってるんだ？　生田敬太郎は、別にしてだ」

と、十津川はきいた。

「六本木のマンションに引っ越してから、管理人の話だと、四十五、六歳の女性が、ときどき出入りしているようです。彼は賑《にぎ》やかなのが好きで、友人たちを呼んでパーティなんかをするそうですが、そんなときに呼ぶのは、若い男女ばかりなので、この中年の女性は、管理人には意外に見えたんだと思いますね」

「その女が、パトロンなのかな？」

「管理人は、そう見ていますね。いつも和服姿で、大きなダイヤの指輪をしていたそうです」

「その女の似顔絵がほしいね」

「管理人にきいて、作っておきます」

「パーティに来る仲間だが、大城イサオがゲイだと知っていたのかね？」

「大半は、知っていたようです。ただ、彼と生田敬太郎の関係は、誰も知りませんでしたね。二人とも、秘密にしていたからだと思いますし、それを隠すために、生田のほうは、細川やよいと付き合ったりしていたんだと思います」

と、西本はいった。

そのあと、西本と早苗の二人が帰ってきて、一枚の似顔絵を十津川に見せた。

サングラスをかけた中年の女性の似顔絵だった。

「管理人の話では、いつもサングラスをかけていたそうですわ」

と、早苗がいった。

女性にしては角張った顔で、意志の強そうな感じを受ける。サングラスをとった顔は、ちょっとわからなかった。

眼の大きい小さいで、ずいぶん変わってくるだろう。

「三カ月前に、六本木に引っ越してきたというと、細川やよいが自殺したあとだね」

と、亀井がいった。

「そうなります」

「そのあと、生田敬太郎が、自動車事故で死んだということか」

「そうです」

「その間に、何か関係があるのかな？」

「わかりませんが、あるような気がしますわ」

と、早苗はいった。

「どうも、カギを握っているのは、大城イサオのようだね」

と、十津川はいった。

「だから、突然、金廻りがよくなったり、殺されかけたりしたんじゃありませんかね」

と、亀井もいった。

「もう一度、彼に会いに行こう」

と、十津川はいった。

今度は、亀井を連れて、大塚に向かった。

すでに、夜明けに近い。駅前の広場も、妙に白茶《しらちゃ》けて見える。

日下と清水の二人は、ビジネスホテルの前に覆面パトカーを停《と》めて、その中でホテルの入口を見張っていた。

「どんな様子だ？」

と、十津川がきくと、

「われわれが到着してから、大城と思われる男は、ホテルから出ていません」

と、日下がいった。

「部屋にいるかどうかは、確かめてないんだな？」

「はい。警戒されてはいけないと思いまして」

「それじゃあ、私が会ったあと、抜け出しているかもしれない」

「しかし、殺されるのを恐れて、ここへ逃げ込んだのなら、外へは出ないと思いますが」

「それは、わからないぞ」

十津川は、亀井を連れて、ホテルに飛び込んでいった。

フロントには、中年の女が一人、ぽつんと座って、退屈そうに女性週刊誌を見ていた。

「702号室の客は、まだいるかね？」

と、十津川がきくと、女は、背後《うしろ》の棚《たな》に眼をやって、

「ええ。いるはずですよ。キーが戻ってないから」

と、眠そうな声でいう。

「見てきます」

といって、亀井がエレベーターであがっていったが、すぐ降りてきて、

「いくらノックしても、応答がありません」

「そんなはずはないんだけど」

と、フロントの女はいう。

十津川は、彼女にマスターキーで702号室を開けてもらった。中はもぬけの殻だった。

十津川は、怖い顔になって、

「誰か、訪ねてきた人間は？」

と、女にきいた。

「わかりません」

と、頼りない。

「じゃあ、彼が外へかけた電話の記録を見せてくれ」

と、十津川はいった。

大城イサオは、三回部屋から外へ電話をかけていた。その中には、十津川への電話も入っている。

他の二回は、同じ番号だが、東京ではなかった。局番が0267になっている。

「ここへ、かけてみましょうか」

と、亀井がきくのへ、十津川は、

「電話しないで、これから行ってみようじゃないか」

「これが、何処かわかるんですか？」

「0267局というのは、たしか小諸だよ。日暮亭だと思うね」

と、十津川はいった。

8

十津川と亀井は、上野に出ると、駅のコンコース内で朝食をとり、時間を潰《つぶ》してから、午前七時発の特急「あさま1号」に乗り込んだ。

相変わらずの梅雨空だが、今日は、まだ降ってはいなかった。

「大城イサオは、何を売って、金を手に入れたんですかね？」

と、亀井が十津川にきいた。

「たぶん、いちばん大事にしていた秘密だろう」

と、十津川はいった。

「自分と生田敬太郎の関係ですか？」

「そうだ」

「誰に、それを売ったんでしょうか？」

「誰か、高く買う人間がいたんだ」

「まさか、生田敬太郎の両親は、買わんでしょう? ゆすることは、できるかもしれませんが」

「そうだな。とにかく、向こうへ行けばわかるさ」

と、十津川はいった。

九時過ぎに小諸に着いた。軽井沢あたりから雨が降り出している。

電話しておいたので、駅前には、県警の三浦警部が、車で迎えに来てくれていた。

二人は、それに乗って日暮亭に向かった。

日暮亭には、「臨時休業させていただきます」の札が下がっていた。

「何かあったみたいですね」

と、車を降りながら、亀井が小声でいった。

三浦警部が先に立って、案内を乞《こ》うた。すぐには玄関の戸は開かず、七、八分待たされてから、やっと戸が開いた。

　仲居さんが顔を出す。三浦が警察手帳を示すと、奥へ通された。

　和服姿で現われたのは、副社長の生田勇次郎だった。腰が低い感じの男で、三浦や十津川たちに丁寧に挨拶《あいさつ》してから、

「警察のお歴々が、何のご用でしょうか？」

　と、きいた。

「こちらに、大城イサオという人が、来ていませんか？」

　三浦が、きいた。勇次郎は、「オオシロ？」と、おうむ返しにいってから、

「そういう方は、お見えになっていませんが」

「電話は、かかったんじゃありませんか？　彼は昨夜、二度、こちらに電話しているはずなんですがね」

　と、十津川がいった。

「さあ、たぶん従業員が出たと思いますが、私に連絡しなかったところをみると、たいした用件じゃなかったと思いますね」

「じゃあ、その従業員を呼んでくれませんか」

「いや、今日は、臨時休業なので、ほとんど帰宅させておりますから」

「今日は、なぜ、臨時休業なんですか？」

と、三浦がきいた。

「従業員慰労のためです」

「社長さんは、お留守ですか？」

「兄は、夫婦で温泉に行っています。私がすすめました。少し働きすぎなので、健康のためにも、少しゆっくりしてもらいたいと、いいましてね」

「尾花幸子という女性も一緒ですか？」

と、十津川がきいた。

「ええ。一緒です」

「その女性が、亡くなった敬太郎さんの恋人で、敬太郎さんの子供がお腹にいるというのは、間違いないんですか？」

「間違いありません。敬太郎の品物をいろいろと持っていますしね。彼のマンションのキーも、持っていました。今、妊娠三カ月で、兄夫婦は、孫ができるのを楽しみにしていますよ」

と、勇次郎は微笑した。

「ちょっと、トイレをお借りしたいのですが」

と、十津川はいい、腰をあげた。

廊下に出る。広く、長い廊下が中庭を取り巻いていた。

十津川は、トイレを探すふりをして、廊下を歩いてみた。ひっそりと静かなのは、従業員のほとんどが、帰宅してしまっているからだろう。

突然、廊下の曲がり角のところで、和服姿の中年の女にぶつかりそうになった。さっきの仲居さんではない。

「何か、お探しですか？」

と、相手は咎《とが》めるようにきいた。十津川がトイレは何処ですかときくと、

「向こうの突き当たりですわ」

と、女はいい、傍の部屋に入ってしまった。

十津川は、三浦警部たちのところに戻った。

「広いので、迷ってしまいました」

といって、腰を下ろすと、勇次郎は、一瞬、眉《まゆ》をひそめたが、すぐ笑顔になって、

「たいして、大きくはありませんよ」

と、いった。

「奥さんは、ご在宅ですか？」

「私の？　ああ、奥にいます。引っ込み思案でしてね」

と、勇次郎はいった。

一時間ほどして、三人は日暮亭を出た。

車に戻ったところで、十津川が、

「例の女に会いましたよ」

と、三浦にいった。

「例のといいますと？」

「大城イサオに会いに来ていたサングラスの中年の女です。彼のパトロンと思われている女です」

「日暮亭にいたんですか？」

「ええ。あれは、生田勇次郎の奥さんだと思いますね。仲居さんより、ずっと豪華な和服を着ていましたよ」

と、十津川はいった。

「これから、どうしますか？　大城イサオが、ここに来ている証拠はありませんが」

三浦が、口惜しそうにいった。

十津川は、日暮亭のほうに眼をやった。

「あの副社長か奥さんに、昨夜、大城イサオが電話したことは、間違いないと思いますね。これから行くと、いったんでしょう。そこで、店を臨時休業にして、兄である社長を温泉に行かせたんだと思います」

「大城イサオを、社長夫婦に会わせたくなかったからですか？」

「そうでしょうね」

「なぜですか？」

「考えられる理由は一つです。大城イサオに真相を喋られると、困るからでしょう。社長夫婦は、尾花幸子のお腹の中に、亡くなった一人息子の忘れ形見、つまり孫がいると信じている。それが、嘘だと知られたくなかったんですよ」

　と、十津川はいった。

「副社長の目的は、日暮亭の乗っ取りですかね？」

「そうでしょう」

　と、十津川はいった。

「自動車事故に見せかけて、生田敬太郎を殺したのも、あの副社長でしょうか？」

「たぶんそうでしょう。跡取りを殺してしまえば、社長が亡くなったあと、あの日暮亭は自分のものになると、計算したんじゃありませんか」

「社長の奥さんは？」

「彼女も、消してしまう」

「そんなことをしたら、怪しまれるんじゃありませんか？」

と、三浦がきいた。

「一人息子が、自動車事故で亡くなった。その悲しみのあまり、老夫婦が心中した。そういうシナリオを書いていたのかもしれませんよ」

「なるほど、しかし、うまくいかなかった？」

と、十津川はいった。

「そうです」

「なぜですか？」

「敬太郎の子供がいれば、その子が遺産を引き継ぎますからね。前もってそれを調べておいてから、敬太郎を殺さなければ、意味がない。そこで、副社長の奥さんが調べて廻った。そのときに、大城イサオが、金で敬太郎の秘密を売りつけたんだと思いますよ」

と、十津川はいった。

「なるほど。それで、安心して、敬太郎を交通事故に見せかけて殺した」

「そうです」

「しかし、それなら、尾花幸子がニセモノであることは、知っているはずでしょう？　なぜ、追い出さないんですかね？」

　と、三浦は首をかしげて見せた。

「これは、推理ですがね。社長夫婦は、跡取りがいなくなったので、養子をもらうことを考えたんじゃないですかね。養子が来たら、せっかくの遺産が、その養子に行ってしまう。といって、すぐ簡単に、社長夫婦を殺すことはできない」

「そこで、養子をもらわせないために、じつは、亡くなった敬太郎には女がいて、すでに妊娠三カ月だといった」

「そうじゃないかと、思います」

「じゃあ、尾花幸子は、副社長夫婦が作った女ですね」

「と、思います」

「とすると、特急『あさま』で死んだ小田ゆみ子は、どうなりますか？」

「日暮亭の財産を狙う人間が、他にもいたというわけですよ。生田敬太郎の周囲にね」

　と、十津川はいった。

「では、小田ゆみ子を殺したのも、あの副社長ですか?」

「あるいは、尾花幸子という女かでしょう」

と、十津川はいった。

9

三人は、小諸署に入ると、今後の捜査方針を検討した。

大城イサオが日暮亭に来たことは、間違いないという点で一致した。自分を殺そうとしたことに、抗議に来たのだろう。

「口を封じる必要があったと思いますね」

と、亀井がいった。

「では、すでに、殺されていると思いますか?」

と、三浦が十津川を見た。

「もう、金で黙らせる気はないと思いますね」

「刑事を動員して、日暮亭の周辺を探しましょう」

と、三浦はいった。

「それと、社長夫婦と尾花幸子が行っている温泉を知りたいですね」

「それは調べます」

「社長夫婦が、養子をもらう話があったかどうかも、知りたいですね」

と、十津川はいった。

三浦は、県警本部に電話をし、応援を頼み、大城イサオの死体を探すことに全力をあげた。

十津川と亀井も、それに協力した。

大城イサオは、大塚のビジネスホテルに十津川が訪ねたあと、ホテルを抜け出し、小諸に向かったと思われる。

タクシーを飛ばしたか、朝まで待って、列車に乗ったか、どちらにしろ、彼が小諸に着いてから、今まで、それほど時間はたっていないはずである。

とすれば、彼が殺され、どこかに埋められたとしても、あまり遠くまで、運ばれてはいないだろう。

従って、小諸の周辺を探していけば、見つかるはずである。十津川も県警もそう考え、少しずつ、捜査の輪を広げていった。

大城イサオの死体が見つかる前に、生田社長夫婦と尾花幸子が行っている温泉がわかった。

志賀《しが》高原の入口にある湯田中《ゆだなか》温泉のRホテルだという。十津川は、三浦警部に断わって、亀井とすぐこのホテルに向かうことにした。

湯田中にはJR長野駅まで行き、ここから私鉄の長野電鉄に乗る。終点の湯田中で降りれば、そこが湯田中温泉郷である。

さらにバスに乗って、志賀高原へ向かえば、途中に渋《しぶ》温泉、上林《かんばやし》温泉があり、また、猿の入浴で有名な地獄谷《じごくだに》温泉に行くことができる。

十津川と亀井が、湯田中に着いたときは、もう午後七時を廻っていた。すぐRホテルに行ってみたが、生田夫婦も尾花幸子もいなかった。

「今日の午後、急にチェック・アウトなさいました」

と、フロント係がいった。

「何時ごろですか？」

と、十津川はきいた。

「午後四時ごろでした」

という。十津川たちが、日暮亭を訪ねた後である。生田勇次郎が、警察が来たことを尾花幸子に知らせたのか。

「何処へ行ったか、わかりませんか？」

「そこまでは――。車で、出発なさいましたが」

「車？　タクシーですか？」

「いいえ。レンタ・カーです。お嬢さんが、運転なさっていました」

と、フロント係はいう。

「どこのレンタ・カーか、わかりませんか？」

「あれは、たぶん長野駅の営業所でお借りになったんだと思います。それらしいことを、おっしゃっていましたから」

「車は？」

「たしか白いニッサンのスカイラインでした」

「長野市の電話帳を貸してください」

と、十津川はいい、電話帳で、長野駅前のレンタ・カーの営業所を調べてかけた。

警察だというと、尾花幸子の名前で、スカイラインが借り出されたと教えてくれた。

「その車は、戻っていますか？」

と、きいた。

「いいえ。まだ戻っていません」

「ナンバーを教えてください」

と、十津川はいい、その車のナンバーを手帳に書き留めた。

そのあと、今夜、このRホテルに泊まることにして、チェック・インしてから、小諸署の三浦警部に電話をかけた。

大城イサオは、まだ見つかっていないという。

「暗くなったので、捜査は明日に持ち越しました」

「生田勇次郎夫婦は、どうしていますか?」

「日暮亭から動きません」

「私のほうも、まずいことになりました。社長夫婦と尾花幸子は、今日の午後、ホテルをチェック・アウトして、行方がわかりません。おそらく生田勇次郎が、尾花幸子に連絡したんだと思います。警察が調べはじめたことをです」

「それで、逃げ出した?」

「それならいいんですが、もっと危険な行動に出るかもしれません。尾花幸子の借りたレンタ・カーに、社長夫婦を乗せています。そちらから県警本部に連絡して、この車を手配してください」

と、十津川はいい、車のナンバーを教えた。

電話を切ると、十津川は、フロントで借りてきた長野県の地図を広げた。

「警部は、社長夫婦が危ないとお考えですか？」

と、一緒に地図を見ながら、亀井がきいた。

「生田勇次郎と妻の計画は、兄の社長夫婦が亡くなったあとの日暮亭を乗っ取ることだった。一人息子の敬太郎が死に、彼の子供を宿しているということになっている女を送り込んだ。あとは、ゆっくりとやっていくつもりだったんだろうと思う。それが警察が介入してきて、尻に火がついた。のんびりしてはいられない」

「もし、大城イサオが殺され、社長夫婦も殺されてしまえば、尾花幸子がニセモノだと証明できなくなって、あの勇次郎夫婦に、日暮亭は乗っ取られてしまうんじゃありませんか？」

「人を何人も殺しておいて、そんなうまい具合にいくはずはないし、いかないことをわからせてやるさ」

と、十津川はいった。

朝になり、小諸では、再び大城イサオの捜索が開始された。

湯田中では、十津川と亀井がレンタ・カーを借りて、社長夫婦と尾花幸子の乗っている白いスカイラインを探すことにした。

県警のパトカーも出動して、スカイラインを探し廻った。

「志賀高原へ行ってみよう」

と、十津川は地図を見ていい、車を志賀高原へ向けた。

上林温泉を通り、志賀草津道路に入る。湯田中から入り、志賀高原を通り、群馬県の草津までを結ぶ有料道路である。

もし、尾花幸子が生田勇次郎の指示で社長夫婦を殺そうとするなら、長野の中心街には行かないだろう。逆に、山間《やまあい》に向かうにちがいないと考えたのだ。

完全舗装だが、カーブの多い道路である。冬は、スキー客を乗せたバスや自家用車で賑《にぎ》わうのだろうが、梅雨どきの今はがらがらだった。

突然、前方に、若い女がふらふらと飛び出してきて、手をあげた。

十津川が急ブレーキをかける。窓から顔を出して、女を見た。

「助けてください!」

と、女はかすれ声でいい、車の傍にへなへなとくずおれた。

十津川と亀井は、車から出て、女を助け起こした。

「どうしたんです?」

「車が、転落して――」

と、女がいう。彼女が指さす方向に二人は走った。

崖下《がけした》に、一台の車が落ちているのが見えた。白い車だ。

「私が車から降りて、トランクから工具を取り出そうとしたら、車がずるずる滑っていって、崖から落ちてしまったんです。ブレーキをかけておいたつもりだったんですけど」

と、女がいう。

「車に誰が乗ってるんですか？」

「両親が乗っています。早く、救急車を呼んで！」

と、女が叫ぶ。

「カメさん。崖下に落ちている車のプレートを見ろ。例のレンタ・カーと同じナンバーだ」

と、十津川は亀井に囁《ささや》いた。

亀井は、眼を光らせて、

「そうですね。とすると、あの女は、尾花幸子？」

「やりやがったんだ」

と、十津川がいった。

「早く救急車を！」

と、また女が甲高《かんだか》く叫ぶ。

「一緒に、行きましょう」

と、十津川は、彼女を自分たちの車に乗せ、亀井にはここに残るようにいって、湯田中に向かって引き返した。

途中で、県警のパトカーにぶつかった。相手を停め、十津川は、近寄って警察手帳を見せる。

それから、女に向かって手招きした。何も知らずに寄ってきた女の腕をつかむと、パトカーの警官に向かって、

「この女に、手錠をかけてください」

「何するの！」

と、女が悲鳴をあげた。

「君は、尾花幸子だろう。殺人未遂容疑で逮捕だ。運が悪ければ、殺人容疑になる。そうならないように祈るんだな」

と、十津川はいった。

「これからどうしますか？」

と、警官がきく。

「この先約二百メートルの地点で、車が崖下に転落して、車内に人間がいる。レスキュー隊と救急車を呼んでもらいたい」

「わかりました」

と、警官はいい、無線で連絡してくれた。

「この女は、どうします？」

と、もう一人の警官がきいた。

「留置してほしい。殺人容疑者になるかもしれない女だ」

と、十津川はいい、すぐ車で元の場所に引き返した。

「すぐ、救急車とレスキュー隊が来るはずだ」

と、待っていた亀井に知らせた。

## 10

小諸では、日暮亭からわずか百五十メートルの地点にある雑木林の中で、やっと、埋められている大城イサオの死体が発見されていた。

どうしても見つからないので、東京から大城イサオの衣服を取り寄せ、その匂いを警察犬に嗅《か》がせて、探させたのである。

大城イサオは、六十センチほどの深さに、俯《うつぶ》せに埋められていた。後頭部を殴《なぐ》られていた。それも、何度もである。

上衣のポケットにマッチが入っていたが、そのマッチは日暮亭の宣伝マッチだった。日暮亭の玄関に積み重ねておかれているものである。大城は、日暮亭に入るとき、とっさにその一つを上衣のポケットに投げ込んだのだろう。あるいは、自分が殺されるのを予期して、日暮亭に来たことの証明にしようとしたのかもしれない。

小諸に戻った十津川たちは、三浦警部と一緒に、再び日暮亭に出かけた。

今日も、日暮亭には、「臨時休業させて頂きます」の札が出ていた。

生田勇次郎と妻の君子《きみこ》に会うと、三浦が逮捕令状を突きつけた。

「生田勇次郎及び妻、君子、殺人容疑で逮捕する」

「バカなことをいうな！」

と、勇次郎は大声をあげた。

「尾花幸子が、自供したんだよ。君たちに指示されて、社長夫婦を殺そうとした。車を転落させてだ。君の兄さんと奥さんは、重傷だが命は取り止めた」

「私は、そんなことを命令したことはない！」

「彼女は、特急『あさま』の車中で、小田ゆみ子を殺したことも自供した。これも、君たちに指示されたことだといっている」

と、十津川がいった。

「小田ゆみ子などという名前の女は、知らん」

「日暮亭の乗っ取りを狙った君たちは、自分たちに都合のいい、ニセの生田敬太郎の恋人を作って、日暮亭に送り込むことを考えた。そして、尾花幸子という女を見つけた。ところが、もう一人、小田ゆみ子という女が出てきてしまった。尾花幸子も、たぶん生田敬太郎のまわりにいた女だろうが、小田ゆみ子もそうだったんだと思うね。だが、君たちは、小田ゆみ子をニセモノと決めつけるわけにはいかなかった。なぜなら、ゲイの敬太郎に、ホンモノの女の恋人がいるはずのないことをよく知っていたからだよ。もし、それをいって、小田ゆみ子を追い払えば、尾花幸子も追い出さなければならないからだ。そこで、小田ゆみ子を消してしまうことにした。尾花幸子の自供によれば、君たちの指示で小田ゆみ子に近づき、車内で飲んでくれといって、青酸入りの紅茶をポットに詰めて、新宿駅のホームで渡したということだ。それから、尾花幸子は小諸にやってきたんだ」

「でたらめだ。何の証拠がある？　あったら見せてみたまえ」

と、勇次郎がいう。

十津川は、笑って、

「君たちは、尾花幸子を少し甘く見ていたんじゃないのかな。ちょっと金をやれば、なんでも自分たちのいうとおりに動くと思っていたんだろうが、今どきの若い女はしたたかだよ。彼女は、いざというとき君たちを脅してやろうと、君たちからかかる電話を、すべてテープにとっていたんだ。そのテープには、君が尾花幸子に向かって、小田ゆみ子を始末するように指示している声が、きっちり録音されていたよ」

と、いった。

「それから、奥さん」

と、亀井が生田君子に声をかけて、

「あなたは、大城イサオの情報を、大金で買いましたね。生田敬太郎がゲイだという情報ですよ。あなたが大城イサオのマンションを、ときどき訪ねていたことは管理人が証言しているんです。サングラスをかけ、和服でやってくることをね」

と、いった。

「諦《あきら》めるんだな」

と、三浦が二人にいった。

## 11

生田勇次郎と妻の君子にとって、尾花幸子の自供よりも、兄の社長夫婦が助かったことのほうが、衝撃だったようだった。

尾花幸子の証言は、徹底的に否定してしまえば、どうにかなると思ったのかもしれない。だが、社長夫婦は、絶対に自分たちを許さないだろうと思ったのだろう。

生田勇次郎と妻の君子が自供を始めたのは、翌日になってからだった。いざ、喋りはじめると、彼は兄のことを、

「あんな男がこのまま社長をやっていたら、間違いなく、日暮亭は潰れてしまう。だから、私が社長にならなければならんのだ」

と、いって、けなしてみせた。

生田敬太郎は、勇次郎が東京に行き、盗んだ車ではね飛ばして殺した。勇次郎は、そう自供した。だが、そのあと、兄の社長夫婦が養子をもらおうとしはじめたので、狼狽《ろうばい》してしまったともいった。

「それで、敬太郎の子供を宿している恋人を作らなければならなくなったよ。敬太郎と付き合いのある女の中から、尾花幸子を見つけたんだ。おとなしくて、そのくせ、金をほしがる女だから、自由に動かせるとふんだのさ。だが、こっちの電話をテープにとっていたというのは、驚きだね」

と、勇次郎は続けた。

大城イサオは、東京から電話してきて、

「おれを、よくも殺そうとしたな。五千万用意しておけ。もし、払わなければ、警察へ行って、おれの知ってることをすべて話すぞ」

と、いったという。

勇次郎も君子も、これでは、大城イサオを殺さなければならないと覚悟を決め、店を休業にして待ち受けていた。

やってきた大城イサオに札束を見せ、それに気をとられているところを背後からスパナで殴りつけた。

「殺したのは、私だ」

と、勇次郎はいった。

十津川と亀井は、東京に戻った。

十津川は、本多《ほんだ》捜査一課長に、長野での模様を報告してから、部屋に戻り、

「あと、残る問題は、あの子のことだね」

と、亀井にいった。

「家内に電話で聞いたら、うちの子供たちと、けっこう仲よくしているようですよ」

と、亀井はいう。

「しかし、いつまでもカメさんのところに、置いておくわけにもいかんよ」

と、十津川はいった。

早苗が、十津川に向かって、

「日暮亭の社長ご夫婦は、養子をもらうつもりだったと聞きましたが、あの子をもらってくれないでしょうか」

と、いった。

「生田夫婦が回復したら、君があの子を連れていって、話したらどうかね」

と、十津川が微笑した。

# 幻の特急を見た

1

捜査一課の十津川警部が、まだ大学にいたころ、というのは、犯罪をアマチュアの眼で見ていたころということだが、殺人は、寒いときに起こりやすいのか、それとも、暑いときにだろうか、考えたことがある。

今、十津川は、プロである。資料室に行けば、どちらが、犯罪が起きやすいかの数字もわかるだろうが、彼にはもう興味がない。

東京という大都会で、連日、凶悪事件を追いかけていると、統計なぞ、何の意味もなくなってくるからである。

たとえば、寒い日より、暑い日のほうが、殺人事件は多発するという統計があったとしても、だからといって、寒い日は、安心できるわけではない。

寒ければ、今日は寒いから、殺人が起きるのではないかと思ってしまう。暑くても同じである。

そして、間違いなく、その予感が当たるのだ。

その日は、朝から、眠くなるような暖かさだった。おまけに、日曜日である。

たぶん、統計的にいえば、殺人事件は、起こりにくい日だろう。

だが、十津川は、殺人の起きる予感を感じていた。

午後四時に、案の定、殺人事件発生の報告が、飛び込んできた。

池袋駅近くのマンションで、男の惨殺体が発見されたという。

十津川は、亀井刑事と一緒に、パトカーで、現場に急行した。

日曜日の午後とあって、東京の中心部は、車の往来も少なく、静かである。二人を乗せたパトカーは、ほとんど渋滞にぶつからず、三十分で、現場に着いた。

表の池袋の興行街は、家族連れで賑《にぎ》わっているのだろうが、現場付近は、裏通りに当たっていて、閑散としている。

最近建てられた十一階建てのマンションで、入口付近には、初動捜査班のパトカーがとまっていた。

十津川と亀井が、エレベーターで最上階にあがっていくと、フロアに、初動捜査班の成田《なりた》警部がいて、

「ご苦労さん」

と、声をかけてきた。

「被害者は？」

「山本勇一郎《やまもとゆういちろう》。年齢六十二歳。宝石商だよ。バスルームで、裸で殺されていた」

「部屋は？」

「この十一階全部さ」

「ほう」

「二百平方メートル以上なんじゃないかな。豪華なものさ」

と、成田は、憮然《ぶぜん》とした顔でいった。

そういえば、エレベーターをおりたところが、広いフロアになっていて、廊下はなく、大きな木製の扉があるだけである。

「山本」と表札のついている扉を開けて、十津川と、亀井は、中に入った。

広い玄関には、観葉植物の鉢が並んでいる。

シャンデリアの輝く居間や、書斎、食堂などを通り抜けて、一番奥にあるバスルー

ムに行った。

バスルームといっても、じゅうたんを敷いた更衣室があって、その奥に、岩風呂を模した風呂が作ってあった。

八畳ぐらいの広さだろう。タイルの流しのてまえに男が俯伏《うつぶ》せに倒れていた。白いタイルは、血で、朱《あか》く染まっている。

「胸を一突きだ」

と、成田がいった。

死体を仰向けにすると、彼のいうとおり、心臓あたりに、刺傷があった。

裸の死体が、白蠟《はくろう》のように、すき透って見えるのは、血が流れすぎたためだろうか？

「犯人は、バスルームに入って来て、裸で向かい合った被害者を、いきなり刺したんだろうね」

と、成田がいった。

「抵抗の痕《あと》はないようだね」

「そうなんだ。それに、犯人は、ドアもこわさずに、中へ入って来ているところをみると、顔見知りの犯行ということになってくる」

「発見者は？」

「運転手だ。連れて来よう」

成田は、すぐ、井上《いのうえ》という小柄な、四十歳くらいの運転手を連れて来た。

さすがに、まだ蒼《あお》い顔で、十津川の質問に答えた。

「社長の車を運転していますが、今日は、午後三時に、ここへ迎えに来てくれといわれておりました。それで、きっかりに、参りました。ベルを押しましたが、応答がありません。社長さんは、黙って、約束を変えることはないので、おかしいなと思いながら、ドアのノブを廻したら、カギがかかっていませんでした」

「それで、中へ入ったんだね？」

「そうなんです。バスルームのドアが開いていたので、中をのぞいてみたら、社長が、あんなことになっていて――」

「山本さんは、ここに、ひとりで住んでいたのかね？　奥さんは？」

「奥さまとは、現在、別居されていらっしゃいます」

「現在、どこに住んでいるかわかるかね？」

「はい。新宿のマンションにお住みです。何度か、社長の指示で、行ったことがありますので」

井上運転手は、別居中の夫人の名前が明子《あきこ》であること、住所は、新宿の「メゾン西口」であることを教えてくれた。

（夫人にも、会いに行かなければならないな）

と、思いながら、十津川は、もう一度、バスルームに横たわっている死体に眼をやった。

男にしては色白な身体である。六十歳を過ぎているのだから、仕方がないだろうが、腹のあたりは、大きく、たるんでいる。

鑑識課員が、現場写真を撮るために、フラッシュを焚《た》くたびに、白っぽく光るのは、生毛《うぶげ》だろう。ひょっとすると、被害者には、白人の血が、いくらか混じっているかもしれない。

「そうすると、山本さんは、この広い部屋に、一人で暮らしていたのかね？」

「いや、個人秘書の星野《ほしの》さんが、一緒に住んでいました」

「その星野という人は、どこにいるのかな？」

「さあ、わかりませんが、車が駐車場にありませんから、どこかに出かけているんだと思います」

「星野さんの車がだね？」

「はい。白いポルシェです」

「星野さんは、どんな人なの？」

「若くて、頭のいい人です」

「若いといっても、宝石商の秘書だから、二十代ということは、ないんだろう？」

「いいえ、二十五、六だと思います」

「それが、個人秘書で、ポルシェを乗り廻しているのか。しかも、社長と一緒に生活しているというと――」

十津川が、言葉を切って、井上運転手を見ると、彼はそうした話題に触れたくないという感じで、横を向いてしまっている。

十津川は、動物的な被害者の裸身と、若い個人秘書の結びつきを考えてみた。星野という青年は、たぶん、背のすらりと高い美男子だろう。

六十二歳の金持ちの男と、美青年の結びつきを、十津川は、べつにきたないものとは感じなかった。男同士の愛も、また、一つの愛の姿だと思うし、男女のセックスに、金がからんでくるように、男同士のセックスに、金が、からんでくることだってあり得るだろう。それに、刑事は、事実だけを、冷静に見なければならない。

（これで、容疑者が二人になったな）

と、思っただけである。

## 2

十津川は、星野和郎《かずお》の手配をすませてから、亀井と一緒に、新宿西口のマンションに、被害者の妻、明子を訪ねた。

こちらのマンションも、豪華なものだった。２ＬＤＫだが、各部屋が広く、北欧風の高価な家具が並んでいる。

「山本明子」という表札がかかっていたから、別居中でも、まだ、離婚はしていないのだろう。

明子は、三十五、六歳で、どこかで見たような顔だと思ったが、居間に、タレント時代の写真が飾ってあったので、十津川も亀井も、なるほどと思った。十年ほど前に、ときどき、テレビに顔を出していたのである。

明子は、十津川が、山本勇一郎が殺されたことを告げても、べつに驚いた様子も見せず、

「とうとう、殺されましたの」

「前にも、殺されかけたことが、あるんですか？」

亀井が、きいた。

「ええ。何とか組の若い人に、拳銃で射たれたこともありましたよ。当たりませんでしたけどね」

「そのとき、なぜ、ヤクザに射たれたんですか」

「あの人は、めちゃくちゃなの。道を歩いていて、きれいな女の子を見ると、相手が誰だろうと、手に入れようとするわけよ。そうなると、もうまわりが見えなくなるのね」

「それで、ヤクザに射たれたわけですか？」

「そう」

「しかし、そんな事件に、記憶がありませんがね」

「あの人が、被害届けを出さなかったからでしょう」

「その件は、結局、どうなったんですか？」

「金の力で解決しましたわ。あの人のやり方は、いつもそうなの。向こうが、拳銃で射ったのだって、半分くらいは、脅しで、種にしようという気があったからなんでしょう。あの人が何百万か、金をつかませたら、それで終わり」

「山本さんは、若い男にも興味があったんじゃありませんか?」

十津川が、きくと、明子が、小さく肩をすくめて、

「星野さんのことでしょう?」

「そうです」

「だから、あの人は、めちゃくちゃだといったでしょう。それは、たいていの人が、知っていましたわ」

「山本さんに、敵は多かったですか?」

十津川がきくと、明子は、また、肩をすくめて、

「敵ばかりといったほうがいいんじゃないかしら。あの人は、自分から敵を作っていくようなところがありましたものね。それに、今は、池袋と新宿に、ちゃんとした宝石店を出してますけど、ああなるまでの間は、ずいぶん、あくどいこともやってきたのを知っていますわ。安物のダイヤを、鑑定書を偽造して、高く売りつけることもやったんです」

「山本さんの個人資産は、大変なものでしょうね?」

「そうでしょうね。あの人の個人会社でしたから」

明子は、他人事《たにんごと》みたいにいった。が、わざと、興味のないようないい方をしたのか

もしれない。

「山本さんとは、まだ正式に離婚されてはいなかったんでしょう？」

亀井が、きいた。

「ええ」

「とすると、莫大《ばくだい》な遺産は、すべてあなたにいくわけですか？　ほかに、家族はいないわけでしょう？」

亀井が、意地の悪い質問をした。

明子は、皮肉な眼つきで、亀井を見て、

「だから、お金目当てに、私が、あの人を殺したと、お思いになるの？」

「べつに、そうは思っていませんが、動機にはなりますよ」

「あの人を殺したいと思っている人は、いくらでもいますわよ」

「そうかもしれませんが、山本さんは、入浴中に殺されたんです。入浴中に、ドアを開けておく人はいませんから、マンションのドアは、閉まっていたと思います。犯人は、そのドアを開けて中に入った。しかも、山本さんは、抵抗した形跡がない。ということは、ごく親しい人間の犯行ということになります。奥さんは、池袋のマンションのカギをお持ちでしょう？」

「ええ。持ってますけど、あの部屋に、自由に出入りできるのは、私一人じゃありませんわよ」

「星野さんのことを、おっしゃってるんですね？」

「ええ。そうですわ」

「しかし、星野という青年は、山本さんに可愛がられていたんでしょう？　ポルシェまで買ってもらって。そんな青年が、なぜ、山本さんを殺すんでしょうか？」

「彼は、可愛がられているから、そのうちに、養子にでもしてくれると思ってたんじゃないかしら。私が、別居してからは、余計にね。でも、あの人は、養子の手続きをしなかった。だから、腹を立てて、殺したのかもしれませんわ。ただの遊び相手にされていたのかと思って——」

「奥さんの別居の理由は、何だったんですか？」

今度は、十津川が、きいた。

「あの人の生き方に、愛想をつかしてですわ」

「離婚をする気もあったんですか？」

「ええ。でも、あの人が死んでしまっては、離婚もできませんわね」

明子は、小さく笑った。

だが、離婚せずにいたおかげで、彼女に、莫大な遺産が、転がり込んでくるのである。

「今日、どこにおられたのか、話してもらえませんか」

と、十津川が、いった。

3

「銀座に買い物に行ってましたわ」

「家を出られた時間は？」

「朝の九時に、近くの美容院へ行って、帰ったのが、十時半ごろでしたかしら。それから出かけたんだから、十一時ごろだと思いますわ。帰宅したのは、ついさっき四時ごろね」

「銀座で、何を買われましたか？」

「それが、気に入ったものがなくて、何も買わずに、帰りましたけど」

「向こうで、誰か、知った人に会いましたか？」

「いいえ」

と、明子は、首を振ってから、十津川に向かって、

「それでは、アリバイがないことになって、私は、逮捕されますの？」

「そんなことありません」

と、十津川は、笑った。

「安心しましたわ」

「ご主人に最後に会われたのは、いつですか？」

「一昨日《おととい》だったかしら。ああ、今日、電話をかけてきました」

明子は、思い出したようにいった。

「しかし、今日は銀座に出かけられていたんでしょう？　行く前に、かかったんですか？」

「いいえ。留守番電話です。外出するときは、いつも、留守番電話にしておくんですよ」

明子は、留守番電話の再生のスイッチを入れた。

〈――これは、留守番電話です。ご用がおありの方は、信号音がしたら、お話しください〉

録音されている明子の声が、まず、聞こえた。電話をかけてきて、伝言が録音されているのは、二人だった。最初は、中年の女の声だった。

〈もし、もし。あたし。君子《きみこ》。一緒に行きたいところがあるの。今、午後二時だから三時までに帰って来たら、電話してちょうだい〉

次の声が、山本勇一郎のものだった。

〈私だ。大事な話があるから、明日の夕方、池袋のマンションに来てくれ〉

「ご主人の声に、間違いありませんか？」

と、亀井が、念を押した。

「ええ、間違いありません」

「大事な話というのは、何のことか想像がつきますか？」

「たぶん、私たちの間のことだと思いますわ。ほかに、大事なことって、考えつきませんもの」

「君子というのは、お友だちですか？」

十津川が、きいた。

「ええ。学校時代のお友だちです。前から、横浜に、毛皮を見に行こうといってたんですよ。だから、そのことで、電話をくれたんだと思いますわ」

「彼女の電話番号を教えてくれませんか」

「電話して、確かめますの？」

「そうです。それから、このテープは、お借りしたいのですが」

4

池袋署に、捜査本部が、設けられた。

十津川は、捜査本部に戻ってから、明子の友だちだという久保寺《くぼでら》君子に、電話をかけた。

渋谷で、クラブをやっているという彼女は、今日の午後二時に、明子に電話したといった。

「それが、何か問題でもありますの？」

と、君子が、きいた。

「実は、山本勇一郎さんが、今日、池袋のマンションで、殺されたのですよ」

「まあ」

君子は、大げさに驚きの声をあげた。

「それで、明子さんのお友だちのあなたにおききするんですが、山本夫婦は、別居していましたね」

「ええ」

「理由は、何ですか？」

十津川が、きいた。君子は、

「そりゃあ、山本さんのめちゃくちゃな生活が原因ですよ。明子さんは、山本さんの女遊びの噂《うわさ》は前から知っていたから、それなりに覚悟して結婚したんでしょうけど、山本さんには、男のほうもあるんで、とうとう、愛想をつかしたんじゃありません？」

「星野という青年のことですね？」

「ええ。なんでも、平気で一緒にお風呂に入っていたそうですもの。明子さんにしたら、馬鹿らしくなったんじゃありませんか。浮気の相手が女なら、なんとかなるけど、男では、対抗のしようがないんだって、あたしに、いってましたものね」

「明子さんは、山本さんとは、三十歳も年齢《とし》が離れていますが、後妻ということですか？」

「ええ。そうです」

「先妻の方は、どうしているんでしょうか？」

「亡くなったと、聞いています」

「もう一度、確認しますが、今日の午後二時に、明子さんに電話なさったのは、間違いありませんね？」

「ええ。留守番電話に入れといたんですけど、三時になっても、彼女から連絡がないので、ひとりで、横浜に出かけましたわ」

「明子さんは、いつも、留守番電話を使っているんですか？」

「ええ。あの機械は、あたしが、彼女にすすめて、買わせたものなんですよ。便利で、いいでしょう？」

「そうですね」

十津川は、逆らわずに肯《うなず》き、礼をいって電話を切った。

久保寺君子は、午後二時に、明子に電話をかけ、そのあと、被害者、山本勇一郎が、明子に電話した。

とすれば、山本がかけた時刻は、午後二時過ぎということになる。

一方、井上運転手は、午後三時に、池袋のマンションに行き、山本が、バスルームで殺されているのを発見し、一一〇番したと証言している。

つまり、山本は、今日の午後二時から三時までの間に殺されたことになる。解剖の結果は、まだ出ていないが、検視官も、だいたい午後二時ごろに殺されたのだろうと、見ている。

二人の容疑者のうちの一人、山本明子は、その時刻には、銀座にいたというが、証拠がない。

もう一人の容疑者、星野和郎は、夜半になっても、帰宅しなかった。

翌日の午後六時過ぎになって、星野は、捜査本部に、出頭して来た。

## 5

星野は、十津川が想像していたとおりの男に見えた。

一八〇センチ近い長身で、色白な、彫りの深い顔をしている。美男子だが、そうかといって、近寄りがたいという感じではなく、どこかに、幼さを残していた。初老の男が、可愛がる相手としては、恰好《かっこう》の美しさと、甘さを同時に持つ青年に見える。

「テレビで、社長が殺されたと知って、びっくりして、戻って来たんです」

と、星野は、蒼い顔で、十津川にいった。

ジーパンに、白いブルゾンという服装が、この青年を、一層、若々しく見せている。

「どこへ行っていたんですか？」

十津川は、丁寧にきいた。

「ぶらりと、旅行に出ていたんです。本当は、あと二、三日、遊んでくるつもりだったんですが――」

星野は、いい、それから、煙草を吸っていいかときいてから、ラークに火をつけた。手首に、金のブレスレットをはめていた。

これも、山本の贈り物だろうか？

「ポルシェに乗って、出かけたんですか？」

「いえ。車は、東京駅の地下駐車場に置いて、列車に乗って行ったんです。僕は、鉄道が好きですから」

「昨日の何時ごろ、出かけたんですか？」

「朝の九時ごろです」

「そのとき、山本さんは、どうしていました？」

「まだ、眠っていました。日曜日は、たいてい、お昼ごろまで、寝ているんです。それで、黙って、出ました」

「旅行することは、前もって、山本さんに、いってあったんですね？」

「ええ。それに、社長が、二、三日、旅行して来いといっていましたから、許可をもらって出かけたんです」

「山本さんは、なぜ、あなたに、二、三日、旅行して来いといったんですかね？」

「はっきり理由はいいませんでしたが、僕がいない間に、別居中の奥さんと、大事な話し合いをするんじゃなかったかと思います」

星野のその言葉で、十津川は、明子の留守番電話に録音されていた山本の言葉を思い出した。

大事な話があるので、明日の夕方、池袋のマンションへ来てくれという内容だった。

今の星野の証言は、それと符合している。

「その大事な話の内容が何なのか、想像がつきますか？」

十津川がきくと、星野は、ちょっと考えていたが、

「わかりません」

「それでは、東京駅から先のことを話してください。昨日、東京から、どこへ行ったんですか？」

「富士川へ行きました」

「富士川へ、何をしに行ったんですか？」

「僕は、川が好きなんです」

と、星野は、少年のような微笑を口元に浮かべた。

十津川は、なんとなく、意表を突かれた思いで、相手の顔を見直してしまった。

純白のスポーツ・カーは、この青年に似つかわしい。しかし、川が好きという言葉は、どうも、ぴんとこなかったからである。

「川で、何をするのが好きなんですか？」

と、十津川は、きいてみた。

「何をするといわれても困るんですけど、ぼんやり、川の流れを見たり、釣りをしたりです」

星野は、横に置いたボストンバッグから、五〇センチぐらいの短いグラスファイバ

ーの釣竿《つりざお》を取り出した。伸ばすと、二メートルぐらいになる。

「べつに釣るのが目的じゃないから、これで十分なんです。川岸に腰を下ろして、ぼんやり流れを見つめているのが好きなんです」

「昨日は、何時ごろまで、富士川にいたんですか？」

「夕方の五時ごろまでです。それから、東海道本線で、島田まで行き、旅館に泊まりました。次は、大井川を、上流へたどって、行ってみたいと思ったからです。旅館の名前は、『みかど荘』でした。そこに泊まって、今日、おそい朝食をとっているとき、テレビのニュースで、社長が殺されたのを知ったんです」

「昨日の午後二時から三時までの間は、どこで、何をしていたか、覚えていますか？」

「その間に、社長は、殺されたんですね？」

「そうです」

「僕は、ずっと、富士川の川べりにいましたよ。土手に腰を下ろして、ぼんやり、川面を見ていたか、釣りをしていたかでしょうね」

「それを証明してくれる人がいますか？」

「釣りをしている人も何人か見ましたが、べつに、その人たちと、話もしませんでしたから。困ったたな」

と、星野は、考え込んでいたが、急に、ぱっと、顔を輝かせて、

「そうだ。ちょうど、富士川鉄橋の近くの土手に腰を下ろしていたら、下りの特急列車が通過したんです。僕は、列車が大好きなんで、思わず、手を振ったら、最後部の車掌室の窓から、車掌さんが、手を振って、応えてくれましたよ」

「それで？」

「それで、何という特急列車か調べたくて、腕時計を見たんです。時刻表を見れば、わかりますからね。そしたら、午後二時ジャストでした」

と、いって、星野は、ニッコリした。

「特急列車というのは、間違いありませんね？」

「ええ。八両連結で、うすいだいだい色の車体に、赤い線が入っていました。それに、先頭車に、マークが入っていたから、あれは特急列車に間違いありませんよ。普通列車には、マークはないでしょう？」

「そのマークには、何と書いてあったんですか？　特急の名前が入っていたと思うんだが」

「それを思い出そうとしているんですが、なかなか、思い出せないんです。でも、昨日の午後二時ジャストに、富士川鉄橋を渡る下りの特急を見たんです。車掌さんが、

手を振ってくれたことも、事実ですよ。調べてくれれば、わかります」

「調べてみましょう」

6

十津川は、いったん、星野を帰宅させた。が、もちろん、監視はつけておいた。

亀井は、十津川から話を聞くと、

「妙なアリバイですね」

と、いった。確かに、アリバイ主張としたら、午後二時に、近くの鉄橋を、特急列車が通過したのを見たというのは変わっている。

「しかし、それが事実なら、星野は、シロだよ。富士川は、静岡県の東部を流れている川だ。午後二時ジャストに、富士川の土手にいた人間に、二時から三時までの間に、東京の池袋で、殺人はできないからね」

「星野の言葉、正しければでしょう？」

「もちろん、そうだ。それを調べてみる。まず、昨夜、島田の『みかど荘』に泊まったかどうかの確認だ。それが嘘《うそ》なら、富士川で、特急列車を見たというのも嘘だということになる」

十津川は、静岡県警に電話をして、捜査を頼んだ。

返事は、二時間後に届いた。

島田市内に、「みかど荘」という旅館は実在し、昨日の午後七時十五、六分ごろ、ボストンバッグを一つ提げた若い男がやって来て、投宿した。宿泊者カードには、星野和郎とあり、住所は、池袋のマンションになっているということだった。

その宿泊者カードは、静岡県警から、電送されてきたが、筆蹟は、星野のものと間違いないようである。

「これで、昨夜、島田の旅館に泊まったことだけは、間違いなくなったな」

十津川がいうと、亀井は、難しい顔で、

「だからといって、星野がシロと決まったわけじゃありません。午後二時から三時までの間に、池袋で、山本勇一郎を殺してから、車で東京駅に駆けつけても、午後七時に、ゆっくり、島田まで行けますからね」

と、いった。

東京駅から、新幹線の「こだま」に乗れば、一時間三十六分で静岡に着く。さらに、静岡から、東海道本線の普通列車で、島田まで約二十七分である。合計でも、二時間三分くらいしかかからない。

　午後三時に、山本を殺しても、午後七時までには、四時間あるから、亀井刑事のいうとおり、ゆっくり、島田まで行けるのだ。

「問題は、午後二時ジャストに、富士川橋梁《きょうりょう》を通過したという下りの特急列車だね」

　十津川が、いった。

「列車を決められますか？」

「たぶん、できるよ」

　十津川は、静岡県の地図を、机の上に広げた。

　富士川は、東海道本線の富士駅と、富士川駅の間を流れている。

　したがって、長さ五七一メートル（上りは五七二メートル）の富士川橋梁も、この両駅の間にかかっている。

　富士―富士川間の距離は、三・五キロで、列車は、四分くらいで走る。

　富士駅には、特急が停車する（しない特急もある）が、富士川駅のほうは、普通列車しか停車しない。

　富士川橋梁は、富士川駅に近いから、列車は、富士駅を出てから、二、三分後に通過するとみていいだろう。

| | | 大垣行 | 浜松行 | 特急 富士川7号 | 浜松行 | 特急 踊り子11号 | 急行 富士川6号 |
|---|---|---|---|---|---|---|---|
| 東京 | 発 | | 1336 | | | 1200 | |
| | | | ⋮ | | | ⋮ | |
| 熱海 | 着 | | 1332 | | | 1325 | |
| | 発 | | 1333 | | | 1328 | |
| 三島 | 着 | | 1347 | | | (伊豆急下田) | |
| | 発 | 1250 | 1347 | 1402 | 1416 | | |
| 沼津 | 着 | 1255 | 1354 | 1407 | 1422 | | |
| | 発 | 1256 | 1356 | 1409 | 1424 | | |
| 原 | 〃 | 1302 | 1402 | ↓ | 1431 | | (甲府発) |
| 東田子の浦 | 〃 | 1307 | 1407 | ↓ | 1435 | | |
| 吉原 | 〃 | 1311 | 1411 | 1420 | 1439 | | |
| 富士 | 着 | 1315 | 1415 | 1425 | 1444 | | 1501 |
| | 発 | 1315 | 1415 | 1427 | 1451 | | 1506 |
| 富士川 | 〃 | 1319 | 1419 | (甲府行) | 1455 | | ⋮ |
| | | ⋮ | ⋮ | | ⋮ | | ⋮ |
| 静岡 | 着 | 1354 | 1454 | | 1530 | | 1540 |
| | | ⋮ | ⋮ | | ⋮ | | |

時刻表では、富士川橋梁を通過する正確な時刻はわからないが、富士駅を出発する時刻に、二分か三分プラスすればいい。

十津川は、大判の時刻表を取り出した。東海道本線の下り（東京―名古屋）のページを広げた。

東海道本線は、特急、急行、普通の列車が、ほとんど、ひっきりなしに走っているので、ページ全体に、時刻を示す数字が、一杯詰まっている感じだった。

十四時前後の富士―富士川間を、調べてみた。

「これは――」

と、十津川は、思わず、声を出した。

「どうされたんですか」

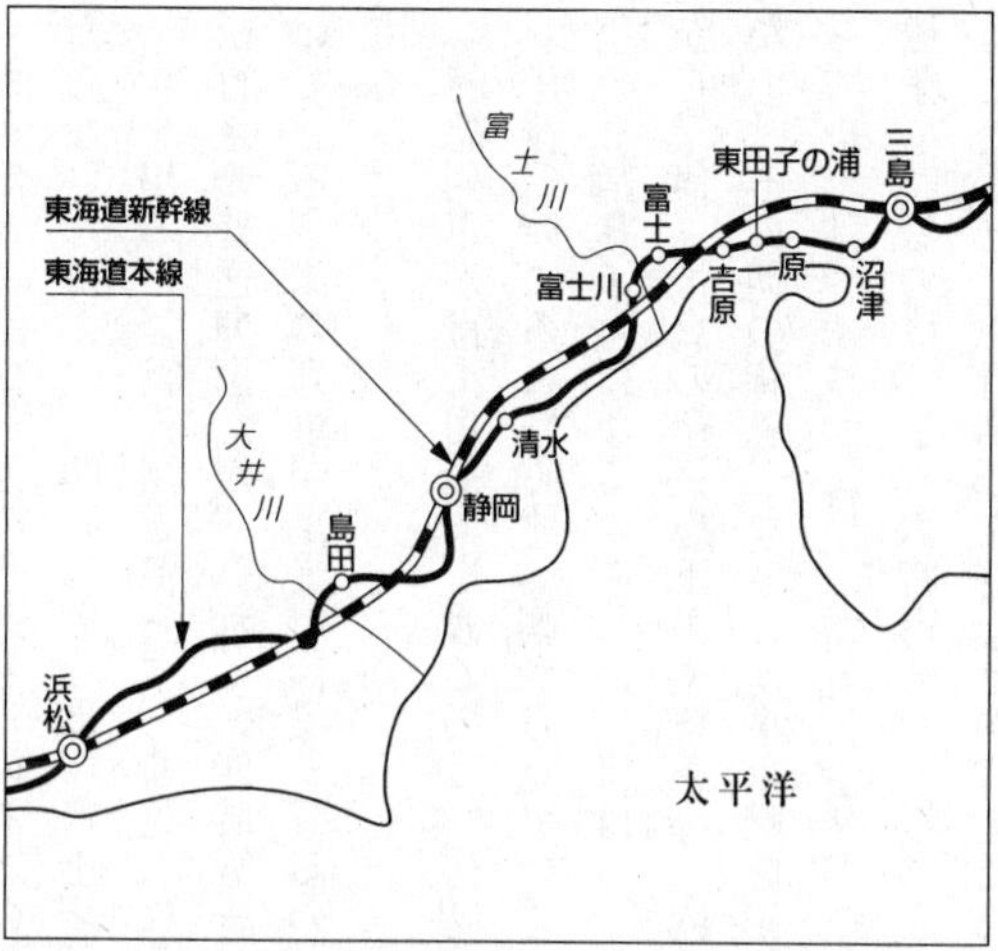


亀井が、横から、のぞき込んできた。

「このページの富士―富士川間を見たまえ。列車が、ひっきりなしに走っているように見えるが、よく見ると、熱海以西は、意外に、間隔があるのがわかるんだ。そして、午後二時前後だが、東京発浜松行きの普通列車が、一四時一五分に富士駅を出て、富士川橋梁を渡ったあと、一四時一九分に、富士川駅に着く。この列車は、普通列車だし、富士川橋梁を渡るのは、十四時十七分か十八分ごろで、午後二時ジャストじゃない。その前に、富士川橋梁を渡る列車となると、三島発大垣行きの普通列車で、これも、一時間前の一三時一五分富士駅発、一三時一九分富士川駅着だ」

「その列車じゃありませんよね」

「となると、浜松行きの普通列車のあとの特急ということになるんだが、それが見当たらないんだよ。一四時二七分に、富士駅発の急行富士川7号があるが、これは、富士駅を出ると、富士川を渡らず、身延《みのぶ》線に入ってしまう。その後になると、三島発浜松行きの普通列車だが、これは一四時五一分富士駅発で、一四時五五分富士川駅に着いている。この列車が富士川橋梁を渡るのは、十四時五十二、三分ということになってくる」

「特急列車が富士川橋梁を渡るのは、何時ごろになるんですか?」

「午後二時ごろに限らず、朝から見ていくと、東海道本線を走る特急となると、L特急の『踊り子』になる。これは、ほぼ三十分おきに走っているが、この列車は、熱海から、伊豆半島の伊豆急下田《しもだ》や修善寺《しゅぜんじ》に向かってしまうので、富士川橋梁は、通過しない。その他の特急となると、東京駅を午後四時半以後に出発する寝台特急の『さくら』や『はやぶさ』『富士』などになるんだが、これは八両編成じゃないし、富士川橋梁を渡るのは、午後六時過ぎだ」

「となると、急行列車を特急と間違えたんでしょうか?」

「そう思ったんだが、該当する急行列車となると、東京発、静岡、御殿場行きの急行

『東海3号』だが、時刻表を見ると、富士駅発が、一六時四一分だ。富士川橋梁を通過するのは十六時四十三分ごろだろう。午後五時に近いんだ。それを、まさか、午後二時ジャストとは間違えないだろうと思うね」

「すると、どういうことになるんですか？」

「星野は、走っていない特急列車を見たといっていることになる」

「彼の腕時計がこわれているということは考えられますか？」

「念のために、彼の腕時計を見たが、デジタルで、正確に動いていたよ」

「星野が、苦しまぎれに、嘘をついたということになりますね。東海道本線なら、ひっきりなしに、列車が通過しているから、午後二時に、富士川橋梁を通過する列車が一本ぐらいあると、甘く考えたんじゃありませんか」

「そう考えるより仕方がないんだが――」

十津川は、考え込んでしまった。

彼は、今日、星野和郎を訊問《じんもん》した。その結果、最初に抱いていた先入観は、変更を余儀なくされた。六十二歳の老人に、身体を与え、その代償に、金と、スポーツ・カーを与えられ、それを乗り廻して遊んでいる若者というイメージだったのだが、意外に礼儀正しく、物静かなのに、驚いたのである。川を見るのが好きだというのも、嘘とは思えなかった。

そんな男が、苦しまぎれにつく嘘にしては、お粗末すぎるのではないだろうか？

## 7

十津川の迷いを見抜いたらしく、亀井が、

「警部は、星野の言葉を信じていらっしゃるんですか？」

と、きいた。

「彼が、あまりに、あっさりといったので、嘘をついているようには、思えないんだ。富士川の土手に腰を下ろしていて、午後二時ジャストに、下りの特急列車が、鉄橋を渡るのを見たという。アリバイの主張にしては変わっている。だから、まったくのでたらめとは思えなかったんだがねえ」

「警部」

「何だい？」

「彼は、下りじゃなくて、上りの特急を見たんじゃありませんか？」

「上りをね」

「列車に乗っていても、ふっと、今、どっちに向かって走っているのか、わからなくなることがあるじゃありませんか。それに、富士川の鉄橋というのは、確か、上りと下りに分かれていたはずです。上りの鉄橋を見ていて、下りだと思い込んでいたということもありますよ」

「大いにあり得るね」

十津川は、もう一度、時刻表を取りあげると、今度は、何ページかあとの東海道本線上り（名古屋—東京）のところを見た。

期待を持って、眼を通したのだが、十津川は、すぐ、憮然とした顔になった。

「駄目だな。該当する特急列車は、一本もないよ。午後二時ごろに、富士川橋梁を渡る上り列車というと、浜松発の三島行きの普通列車で、一四時〇五分に富士川を出て、一四時〇九分に、富士に着く。富士川橋梁を渡るのは、十四時七分ごろだ」

「それを、特急と間違えたということはありませんか？」

「星野は、特急だといったし、先頭車に、マークがついていたともいっている。普通列車には、そんなマークはついていないよ」

「すると、やっぱり、星野は、幻の特急を見たということになりますね。自分で、自分の首を絞めていることになるんじゃありませんか。ただ、富士川で遊んでいたと、あいまいにいっておけばいいのに、なまじ、午後二時に、特急が通過するのを見たなどというもんだから、アリバイのないのが、わかってしまったわけですよ」

「そうだな」

「星野を逮捕しましょう。彼には、動機もあります」

「養子にしてくれると思っていたのに、してくれなかったからかい？」

「そうです。たぶん、養子になって、莫大な財産を引き継げると思っていたんでしょう。それが、駄目だとなって、かっとして、殺したんだと思いますね」

「連れて来てくれ。もう一度、彼に、きいてみたいんだ」

と、十津川は、いった。

翌日、亀井と、若い西本刑事が、星野を連れて来た。

十津川が、まだ、逮捕の段階ではないといったので、手錠はかけられていない。

「昨日は、あのマンションで、寝たそうですよ」

と、亀井が、小声で、十津川にいった。

「山本勇一郎が、殺されたマンションでか？」

「そうです。あの青年の気持ちは、わかりませんな。私だったら、気持ちが悪くて、泊まれませんが」

亀井が、肩をすくめるようにしていった。

その星野は、取調べ室で、十津川と向き合うと、

「社長を殺したのは誰か、わかりましたか？」

と、真剣な眼で、きいた。

「君を犯人だという人もいますよ」

「僕が？　僕は殺していませんよ。社長が死んだときには、富士川にいたんです」

「富士川の土手に腰を下ろして、下りの特急列車が、鉄橋を通過するのを見ていたんでしたね？」

「そうです。僕が手を振ったら、車掌さんも手を振ってくれたんです」

「しかし、午後二時ジャストに、富士川橋梁を渡る下りの特急列車なんか、存在しないんですよ」

「そんなはずはありませんよ。僕は、この眼で見たんです。何という名前の特急だったか、あのマークを思い出そうと思っていたんですが――」

「普通列車を、特急と見違えたということはないんですか？」

「そんなことはありませんよ。普通には、マークがついてないでしょう？」

「じゃあ、これを見てください」

十津川は、図書室で借りてきた国鉄の車両の写真集を、星野の前に、広げた。

「君が見たのは、この中のどれですか？」

十津川がきくと、星野は、ページを繰っていたが、

「これと、これに似ています」

と、二つの車両を指さした。

一八三系と呼ばれる車両と、四八五系と呼ばれる車両だった。一八三系が、直流用特急車両で、それの交直両用型が、四八五系だから、外見は、まったく同じである。

前面に、V字形の飾りがついていて、「鳥海」とか「はつかり」というトレインマークが入るようになっている。

どちらも、特急車両である。

「困ったね」

と、十津川が呟《つぶや》いた。

「何がですか？　僕は、正直にいってるんです」

「君が、普通列車を特急と間違えたのなら、何とか、アリバイについて、説明のしようがあるんだが、絶対に特急だとなると、君のアリバイは消えてしまう。午後二時に、富士川橋梁を通過する特急列車など、上りも、下りも、存在しないからですよ」

「しかし、僕は、見たんです」

　星野は、頑強にいい張った。

「時刻表に出ていないんですよ」

「時刻表に出ていなくとも、僕は、この眼で見たんです。ただ、見ただけじゃなく、手を振ったら、車掌さんも、手を振ってくれたんです」

「しかし、時刻表にない特急列車が走ったら、ダイヤが、めちゃくちゃになってしまう。そんな馬鹿なことをするはずがないじゃないか」

　と、十津川は、腹立たしげにいってから、

（臨時列車があったな）

　と、思った。

　最近、国鉄は、赤字克服のために、さまざまなイベント列車を出している。行方不明のミステリー列車、お座敷列車、落語を聞きながら旅行をする落語列車や、温泉めぐり列車もある。あるいは、修学旅行用の臨時列車もある。

　こうした列車は、すべて、臨時列車だから、当然、時刻表にはのっていない。それを、星野は、見たのではあるまいか。イベント列車の中には、特急用車両を使ったものがあるかもしれない。

十津川は、すぐ、国鉄本社の広報室に電話をかけてみた。

「三日前、十二日の午後ですが、東海道本線に、臨時列車が走りましたか？　修学旅行の列車とか、特急つばめといった臨時列車です」

十津川がきくと、広報室の係は、現場に問い合わせてみるからといい、いったん、電話を切ってから、七、八分して、回答の電話をかけてきた。

「十二日の午後に、おたずねのような臨時列車は、走らせていませんね。東海道本線だけでなく、どこの線区にもです」

「そうですか」

十津川は、受話器を置き、当惑した眼で、星野を見た。

（これでも、まだ、事件の日に、特急列車を、富士川橋梁で見たというのだろうか？）

8

「これから、一緒に富士川へ行ってください」

と、星野が、突然いった。

「富士川へ？」

「今から行けば、午後二時には、富士川へ着けますよ。僕は、十二日の午後二時に、間違いなく、あの鉄橋を渡る下りの特急列車を見たんです。僕は、社長に拾われた男で、今まで、碌《ろく》なことはして来ていません。正直にいいますが、ぐれて、少年院送りになったこともありますよ。でも、社長は殺していないし、特急を見たのも、事実なんです。時刻表にあるかないか知りませんが、僕は、嘘はついていませんよ。だから一緒に行ってください」

「行っても、存在しない特急列車が見えるはずがないよ」

「一緒に行ってくだされば、もし、十二日のようには見られなくても、気がすみます。そのまま、僕のいい分が否定されるのは、我慢できないんです。一緒に行ってください」

「ちょっと、待ちなさい」

十津川は、星野を取調べ室に残して、上に上がった。

亀井や、西本たちが、寄って来た。十津川が、星野の主張を伝えると、亀井も、西本も、口々に、

「苦しまぎれに、嘘をいいつのっているだけですよ」

「まさか、星野と一緒に、富士川に行かれるんじゃないでしょうね？　向こうは、外

に出てから、逃げるつもりですよ」

「そうかもしれないがね——」

十津川は、あいまいな顔になった。

「まさか、幻の特急を見に、星野と一緒に、富士川に行かれるんじゃないでしょうね？」

亀井が、心配そうにいった。

「正直にいって、迷っている」

「しかし、警部、午後二時に、富士川橋梁を通過する特急列車なんかないことは、知っていらっしゃるはずですよ」

「そうさ。だが、なぜ星野が、それほど、頑固に主張するのかわからん。時刻表と、国鉄本社への問い合わせで、そんな特急列車もイベント列車も存在しないとわかっているのにだよ」

「それは、最初に嘘をついたからでしょう。しかし、今さら、嘘だったとはいえない。嘘だといえば、アリバイが消えて、犯人であることを自供するようなものだからです。だから、あくまでも、富士川で見たと主張し、向こうへ着くまでの間に、なんとかして、逃げるつもりなんだと思いますね」

「しかし、逃げれば、自分で罪を認めるようなものだろう？」

「このままでも、星野は、犯人として、起訴できるんじゃありませんか？」

「そうかもしれないが、アリバイがない点では、被害者の妻の明子も同じだよ」

「しかし、彼女の場合、動機は、何でしょうか？　すでに別居しているわけですから、夫婦間のトラブルでもないでしょうし。彼女の留守に、被害者が電話してきて、明日の夕方会いたいと伝言していますが、殺されたのは、その日の二時から三時の間です。ですから、何かの大事な話し合いがこじれて殺されたということもないと思うのです」

「確かにそうだが、彼女も、容疑者の一人だよ。カメさんは、彼女の周辺を洗ってみてくれ」

「といわれると、警部は、やはり、星野と一緒に、富士川に行かれるつもりですか？」

亀井は、呆《あき》れたように十津川を見た。

「自分でも、よくわからないんだが、なんとなく行ってやりたくてね」

「まさか、幻の特急列車が、見えると思っていらっしゃるんじゃないでしょうね？」

「そうは思わないんだが、星野は、あくまでも、特急列車を見たといっている。普通列車だったかもしれないといえば、なんとか誤魔化《ごまか》せるのにだよ。それに、午後二時ごろと、あいまいにいえばいいのに、二時ジャストともいっている。それがわからないんだ。だから、やはり、星野を、富士川まで、連れて行ってみる」

十津川は、そういい、星野を連れて、部屋を出たが、そのとき、背後《うしろ》で、

「警部も、美青年を可愛がる趣味があるんですかねえ」

と、誰かがいうのが聞こえた。

9

十津川は、星野を連れて、東京駅から、「こだま」に乗った。

並んで腰を下ろすと、星野は、

「僕のいうことを信じてくださって、ありがとうございます」

「断わっておくが、君の言葉を信じたわけじゃない。午後二時に、富士川橋梁を渡る下りの特急列車があるなんて、思ってもいない。時刻表にのっていないんだから」

「では、なぜ、一緒に、行ってくださるんですか？」

「君が、あまりにも、確信ありげにいっているからだとしかいえませんね。君が、なぜ、そんなに、はっきりと、いうのか、その理由が知りたいだけです」

「僕は、見たんです」

「君は、見たのは、特急列車で、マークも見たといった。それなら、そのマークは、何だったのか、富士川へ着くまででいいから、思い出してください」

と、十津川がいった。

東海道本線を走る特急列車は、数が限られている。

寝台特急《ブルートレイン》でいえば、「さくら」「はやぶさ」「みずほ」「富士」「出雲1号」「出雲3号・紀伊」「あさかぜ1号」「あさかぜ3号」「瀬戸」と、それに、L特急の「踊り子」は、下りだけでも、1号から19号まで十本、上りは、2号から20号まで十本（奇数番号が下り、偶数が上り）走っている。

臨時列車をのぞけば、特急列車は、これだけである。

星野は、旅行が好きだという。それも、車で走るよりも、列車での旅行が好きだといった。

そうだとすると、好きな特急列車があるのかもしれない。

十津川も、いろいろなブルートレインに乗ったが、それでも、好きな列車は、決まっていた。ふと、走っているブルートレインを見ると、その好きな列車だと、思い込んでしまうことがある。

星野も同じではないのか。

好きな特急列車があって、十二日の午後二時ごろ、富士川橋梁を通過したのは、普通列車だったが、自分の好きな特急列車が、通ったと、思い込んでしまったのではないだろうか。

思い込んでしまうと、人間は、なかなか、訂正しにくいものである。

(カメさんが聞いたら、なぜ、そこまで考えてやることがあるんですか、ときっと怒るだろうな)

十津川は、亀井刑事の生真面目な顔を思い出して、ひとりで、苦笑したりした。

三島で、「こだま」を降りた。

亀井と、西本は、星野が隙《すき》を見て逃げ出すかもしれませんよといっていたが、今までのところ、そんな素振りは見せていない。

じっと考え込んで、自分の見た特急列車のマークを、思い出そうとしているように見える。

三島に着いたのが、一二時三五分だった。

一二時五〇分三島発大垣行きの普通列車があるので、これに乗れば、一三時一九分に富士川駅に着き、ゆっくり間に合うのだ。

「思い出せましたか？」

十津川は、大垣行きの普通列車を待ちながら、星野にきいた。

「もう少しです。平仮名で、特急の名前が出ていて、何か、絵が描いてあったように思うんです」

と、星野がいう。

大垣行きの普通列車は、いわゆる通勤、通学の電車である。

昼を過ぎたばかりという時間なので、がらがらにすいていた。

三島を発車すると、沼津《ぬまづ》、原《はら》、東田子《ひがしたご》の浦《うら》、吉原《よしわら》と、停車して行く。特急と違って、乗客が乗ったり降りたりする。

問題の富士川の鉄橋を渡った。

「あッ。思い出しましたよ」

と、星野がいったのは、そのときである。

すぐ、富士川駅に着いたので、駅を出てから、聞くことにした。

星野は、思い出せたというので、ニコニコしている。

富士川に向かって歩きながら、星野は、「よかった」と、繰り返した。

「これで、僕のアリバイも、信用してもらえますね？」

「何というマークか、いってください」

「特急『ひばり』だったんです。『ひばり』です。平仮名で、ひばりと書いてあって、斜めの線と、ひばりを図案化した絵が描いてありましたよ。全部、思い出しました」

「特急『ひばり』だって？」

十津川は、急に、渋面を作って、立ち止まってしまった。

星野は、びっくりして、十津川を見た。

「どうなさったんですか？」

「君は、私を馬鹿にしてるのか？」

十津川の声が、荒くなった。

星野は、怯《おび》えた眼になった。

「馬鹿になんか、していませんよ」

「私はね、君が、東海道本線を走っている特急列車と、普通列車を間違えたんじゃないかと考えていた。思い違いというのは、あることだからね。それが、『ひばり』だって？」

「僕は、あの日、富士川の鉄橋を渡る特急列車を見たし、その列車の先頭車には『ひばり』のマークがついていたんです」

「いいかね。よく聞きたまえ。特急『ひばり』というのは、上野—仙台間を走る列車なんだ。しかも、大宮—盛岡間に、東北新幹線が開業すると同時に、廃止された特急だよ。今は、日本のどこも走ってない特急なんだ。その特急列車が、どうして、東海道本線を走っていたなんてことがあるのかね？　それが、アリバイだと主張する君は、私を、馬鹿にしているとしか、思えんじゃないか。君が、法廷で、十二日の午後二時に、富士川の土手にいたら、鉄橋を渡ってくる特急『ひばり』を見ました。だから、アリバイがありますなんていったら、物笑いのタネになるぞ。私は、君は、おかしなことをいっているが、シロかもしれないと思っていたんだが、私の勘も、駄目になったものだよ」

十津川は、憮然とした表情になっていた。

「でも、その日、僕は、特急『ひばり』を見たんです」

「まだ、そんなことをいってるのか」

「刑事さん、とにかく、二時に、富士川の土手に行って、鉄橋を渡る列車を見てください。もし、特急『ひばり』が来なかったら、それで諦めます」

「来るはずがないじゃないか。もう、なくなった特急なんだ」

十津川は、吐き捨てるようにいったが、それでも、気を取り直して、富士川まで、行ってみることにした。

二人は、また、歩きだした。

ばかばかしいと思いながら、十津川は、富士川まで歩き、鉄橋の見える土手に、星野と並んで、腰を下ろした。

（東京に戻ったら、星野を犯人として、送検することになる。二時まで、ここにいてやれば、この男も、諦めるだろう）

時間が、ゆっくりたっていく。

富士川は急流で有名だが、この辺りまでくると、さすがに、流れもゆるやかである。

静かで、眠くなってくる。

ふいに、列車が近づいてくる音が聞こえた。

「ほら！　来ましたよ！」

星野が、土手に立ち上がって、嬉《うれ》しそうに、叫んだ。

「普通列車が来たんだよ」

十津川は、そっけなくいった。が、腕時計を見て、首をかしげてしまった。腕時計の針は、午後二時ジャストを示している。この時刻に、たとえ普通列車でも、この富士川橋梁を通過する列車は、上りも、下りもないはずなのだ。十津川は、疑心暗鬼の眼で、対岸を見つめた。

列車が来た。

下りの富士川橋梁を渡って、こちらへ近づいてくる。

まぎれもなく、特急列車だった。

先頭車に、はっきりと、マークがついている。しかも、なんということか「ひばり」の字が、読めた。

瞬間、十津川は、背筋に、戦慄《せんりつ》に似たものが走るのを感じた。

（特急「ひばり」が、やって来たのだ。廃止されたはずの特急が。しかも、東海道本線を走っている！）

十津川は、眼をこすり、何度も見直した。が、いくら見直しても、今、眼の前を通過していくのは、特急「ひばり」だった。

## 10

十津川は、帰りに、東京駅へ着くと、星野を連れて、国鉄本社を訪ねた。

電話で問い合わせていては、まだるっこかったからである。

列車の運行責任者である運転局長の佐々木《ささき》に会った。

国鉄で、三十年間働いているという、国鉄一筋の男だった。

「今日、富士川の土手にいたら、廃止されたはずの特急『ひばり』が、下り線を走って来るのを見たんですがね。これは、いったい、どういうことなんですか？」

十津川がきくと、佐々木局長は、いかつい顔を微笑させて、

「あれを、ごらんになったんですか」

「午後二時に、富士川橋梁を、渡ってくるのを見ましたよ」

「警部さんも、鉄道マニアですか？」

佐々木は、ニコニコ笑いながらきく。

「いや、そうじゃありませんが、実は、殺人事件のアリバイに関係しているので、重要なんです。それで、説明していただきたいんですが。なぜ、東北本線で、すでに廃止になった『ひばり』が、今は、東海道本線の下り線を走っていたんですか？」

「あれは、国鉄のやりくりでしてね。東北新幹線、上越新幹線の開業で、この方面で走っていた特急列車が、何本も廃止されたり、減らされたりしたので、車両が余ってしまったんです。それを遊ばせておくほど、国鉄には、余裕がありませんのでね。これらの車両を、各地へ移動させて、新しい列車として、働かせることになったわけで

す。簡単に、移動させるといっても、これは、大変な仕事でしてね。ダイヤの隙間を利用して、移動させるわけですから」

佐々木は、キャビネットから、厖大《ぼうだい》な「特急列車回送一覧表」を取り出してきて、十津川に見せてくれた。

東北、上越で余ってしまった特急車両は、次のような形で、移動させていた。

仙台↓九州・関西
青森↓九州
秋田↓金沢
青森↓仙台
青森↓秋田

このほかにも、貨物列車の移動なども、書き込んであった。

「具体的な例でいえば、警部さんがごらんになった『ひばり』や、『やまびこ』『いなほ』などが、消えて、それに使われていた特急用車両の移動が、半年間にわたって、行なわれたわけです。『ひばり』のような交直両用は、東海道本線、山陽本線を通して、九州の南福岡や、鹿児島に移動しましたし、上越線で使われていた直流用車両は、同じように、直流区間である幕張《まくはり》と長野へ転出したわけです。それに、今回の移動については、一両ずつ、送るというのではなくて、何両編成かのユニットで、移動されています。警部さんが、今日、富士川でごらんになったのも、それだと思いますね」

「八両編成の『ひばり』です」

「そうです。四八五系の『ひばり』は、八両編成で、移動させました」

「しかし、局長さん、こういう移動のときは、『回送』のマークをつけて、行なわれるんじゃないんですか？」

「そうです」

と、佐々木は肯《うなず》いてから、

「今回の移動にしても、ほとんどの特急車両は『回送』のマークをつけて行なわれました。昔のままのマークをつけて移動させたのは『ひばり』だけです」

なるほど、回送一覧表を見ると、備考のところに、一つだけ、「鹿児島行・ひばりマーク掲出　常磐線経由」と、書いてあった。

「なぜ、これだけ、『ひばり』マークをつけて、移動させたわけですか？」

と、十津川は、きいてみた。

「それは、こちらの内部事情ですが『ひばり』マークをつけて、昼間移動させたので、鉄道ファンの方からは、喜ばれているようです」

「もう、移動は、終わったんですか？」

「今日で、すべて、終わりました」

「今日で？」

「はい。十二日に続いて、今日、最後の車両が、回送し終わって、すべて、終了しました」

「そうですか――」

「どうかされたんですか？」

「いや、十二日で、すべての移動が終わっていたら、どういうことになっていたろうかと思いましてね」

十津川は、ひとりで、溜息をついた。

もし、十二日で、「ひばり」の移動が終わっていたら、今日、富士川で、見られなかったことになる。

たぶん、十津川は、やはり、星野が苦しまぎれの嘘をついていたんだと、きめつけてしまっていたろう。

その結果、星野は、送検され、殺人罪で裁かれることになっていたと思う。完全な誤認逮捕になっていたのだ。

(危ないところだった)

と、思うと、十津川は、冷や汗が出てくるのを覚えた。

## 11

星野が、シロとなると、アリバイの不完全な妻の明子が、重要容疑者となってきた。

問題は、動機がわからないことと、留守番電話だった。

明子は、夫の山本が、美青年の星野を溺愛《できあい》していたのに腹を立てて、家を出た。が、離婚はしていない。

また、山本は、星野を養子にするという気はなかったらしいと、本人はいう。それなら、明子には、山本を殺さなければならない動機が、ないことになる。

留守番電話の声も、厄介だった。山本は、殺された日の午後二時過ぎに、電話してきて、「大事な話があるから、明日の夕方、池袋のマンションに来てくれ」と、伝言している。

これが、明日でなく、今日ならば、心配になって、早く出かけて行った明子が、話がこじれて、夫を殺したのではないかとなるのだが、前日では、どうしようもない。

明子が犯人と思いながら、逮捕状がとれず、いらいらしていたのだが、意外なところから、壁が崩れてきた。

留守番電話の録音を、何回も聞いていた十津川が、明子の友人である久保寺君子の伝言のバックに、小さな爆発音を聞き取ったことからだった。

君子にきくと、明子に電話しているとき、そんな音は、聞こえなかったという。彼女の近くに住む人たちの証言も同じだった。

と、すると、この爆発音は、いつ、留守番電話のテープに入ったのだろうか？

十津川は、そう考えていって、一つの結論を得たのである。

それは、山本の伝言は、殺人事件のおきた十二日にではなく、前日の十一日に来たのではないかということだった。

とすれば、あの中で「明日」となっているのは、十二日のことになる。

十一日に、外から帰ってきた明子は、留守番電話に、山本の伝言が録音されていたのを聞いた。

思い当たることがあったのだろう。そこで、翌十二日夕方より早く、マンションに、夫の山本を訪ねた。そこで、ショックを受けるようなことを聞いたのだ。

驚いたが納得したふうを装い、安心した山本が、風呂に入ったとき、刺し殺した。

それが、十二日である。

帰宅すると、友人の君子の伝言が、留守番電話に入っていた。

明子は、それを、自分のアリバイ作りに利用することにした。

そのためには、君子と、山本の伝言が、逆に録音されていなければならない。テープをつなぎ直しては、すぐばれる。

そこで、どうしたか。

テープレコーダーを買ってくると、問題のテープを入れて、家を出る。留守番電話には、新しいテープを入れておく。

外から自宅へ電話し、問題のテープを廻して、留守番電話を録音しなおしたのだが、そのとき、君子と、山本の伝言を、逆の順番にしたのだ。

だが、そのとき、何かの爆発音までが、録音されてしまったのだ。

明子は、逮捕され、夫の山本を殺したことを、自供した。

問題の動機については、次のように、証言した。

「星野和郎は、本名じゃなくて、本名は、吉田勇《よしだいさむ》という名前だと、十二日に会ったときに、山本にいわれたのよ。それで、すぐわかったわ。吉田というのは、前の奥さんの旧姓なのよ。そうなの。美青年を可愛がっているのかと思ったら、彼の実子だったのよ。勇と、彼の名前を一字とってつけたんだわ。自分の子だから、認知するというのよ。養子にはしないといったけど、当たり前じゃないの。自分の子供なんだから。山本は、私を追い出して、全財産を、子供にゆずる気になっていたからだわ。私には、五千万くらいの慰謝料をやるといったけど、山本の財産は、何十億とあるのよ。それを、突然、出て来た子供なんかに、取られて、たまるものかと思ったわ。星野には、まだ自分の子供だと告げていないといったから、殺すなら、今だと思ったの。いったん、そのマンションを出てから、ナイフを用意して、もう一度、行ったのよ。そしたら、彼は、バスルームに入って、鼻歌を唄ってたわ」

# お座敷列車殺人事件

# 1

国鉄に初めてお座敷列車（和風客車）が登場したのは、昭和三十五年である。

盛岡鉄道管理局で二両が登場した。この時は専用列車ではなく、他の列車に併結して運用されていた。

昭和四十年代になると、長野と名古屋局にそれぞれお座敷客車だけの六両編成の列車が誕生した。

それが好評だったため、現在各鉄道管理局に合計七十八両のお座敷客車がある。全て六両編成だから、十三編成ということになる。

最初からお座敷客車として製造されたものはなく、全て一二系客車や八一系客車の改造である。

四月六日に東京駅を出発し、伊豆下田へ行く「いこいの旅号」もそうしたお座敷列車の一つだった。

関東一円に十五のチェーン店を持つスーパー「マルイチ」がお客サービスに企画したものである。買物を五百円するごとに抽選券が一枚出て、当選すれば伊豆下田の二泊旅行に招待というものだった。

十津川警部の妻の直子《なおこ》も、近くにスーパー「マルイチ」の店があり、せっせと抽選券をためていた。二枚当たれば、夫の十津川にも何とか休暇をとって貰《もら》って、久しぶりに夫婦で旅行に行ってみたいなと思ったのである。十津川は仕事が仕事なので、北海道への新婚旅行以来、ほとんど一緒に旅行したことがなかった。

しかし、残念ながら一枚しか当たらなかった。

行き帰りともお座敷列車で、下田には温泉旅館に二泊する。

渡されたパンフレットには、東京駅の集合時間や、車内ではカラオケ大会も行われるといったことが書いてあった。

「君は声がいいんだから、出てみたらどうだい」

と十津川がすすめた。

もともと外向的な性格の直子だから、その気になって出発までの間せっせとラヴ・イズ・オーバーの練習をした。

十津川夫婦はマンション住いだが、同じ階に住む原田《はらだ》夫妻の奥さん、原田めぐみも当選して、一緒に下田へ行くことになっていた。

明るく華やかな女性だから、楽しいだろう。

東京駅の集合は、午前十時三十分である。

直子は丸二日間留守にするので、二日分のおかずを作り、それを冷凍庫に入れておき、「温めて、食べて下さい」と十津川に手紙を書いてから、原田めぐみと一緒に出かけた。

東京駅には十時少し過ぎに着いてしまった。

二人で構内の喫茶店で時間を潰《つぶ》した。

「一度聞いてみたいと思ったことがあるの」

と原田めぐみは直子の顔をのぞき込むように見た。

「何を聞きたいのかだったら、想像がつくわよ」

直子は笑った。同じような質問を何人もの人間にいわれていたからである。

「本当にわかるの？」

「刑事を旦那に持った奥さんてどんな気持なのか、それが聞きたいんでしょう?」

「そうなの」

「原田さんのご主人は商社マンでしょう?」

「ええ」

「私は、エリート商社マンの奥さんてどんなものか知りたいわ」

直子がいうと、めぐみは笑って、

「そんなものかしら」

「そんなものよ」

「退屈なものよ。毎日午前二時、三時になって疲れ切って帰って来て、夫婦生活もままならずよ。まあ将来性はあると思って我慢してるんだけど」

「じゃあ、刑事の奥さんも同じようなものよ」

と直子はいった。

直子は二度目の結婚だったし、三十歳を過ぎているから、現在の十津川との生活に満足しているが、めぐみはまだ二十八歳の筈《はず》だから、いろいろと不満も出てくるに違いない。

十時半になったので、二人は待ち合せの場所に行った。

もう何人もの人間が集って、わいわいやっている。

二百人が当選したことになっているが、スーパーの客ということで、圧倒的に家庭の主婦が多かった。

中には夫婦、恋人同士という組み合せもいたし、子供連れもいた。

「では、これから改札口に入ります。9番線ホームですから、間違えないように続いて入って下さい」

スーパー「マルイチ」の責任者の一人がメガホンでいった。

みんなにこにこしていた。

2

一〇時五七分に、お座敷列車「いこいの旅号」が9番線に入って来た。

六両連結のブルーの客車である。ブルーの車体に白い線が一本入っていた。

一二系と呼ばれる客車だが、内部は和室に改造されている。

直子とめぐみは4号車だった。

中に入ると、誰もが一様に「へえ」という顔になった。なかなか素敵な作りである。

通路に面して畳が敷きつめられ、天井には和風の照明があり、欄間まで設けられている。

畳の上にはテーブルが置かれ、その両側に座椅子が白いカバーをかけて並べてある。

乗り込んだ人々は思い思いに畳の上に腰を下し、キオスクで買ったみかんや、家から持って来たお寿司などをテーブルの上に並べ始めた。

「よく出来てるわ」

とめぐみは珍しそうに車内を見廻した。

端には大型のテレビスクリーンがあり、反対側の端には小さいながら床の間も設けてある。

窓はガラスの内側に障子がはめ込まれてある。

じゅうたんの敷かれた通路にもはねあげ式の畳がついていて、それを戻すと通路も畳敷きになるようになっていた。

直子は配られた「いこいの旅号」の時刻表を見てみた。

東京発は一一時二七分である。

途中熱海と伊東に停車して、終着の伊豆急下田に着く。

東京　発　11：27
↓
熱海　着　12：59
　　　発　13：00
↓
伊東　着　13：24
　　　発　13：25
↓
伊豆急下田着　14：26

六両の座席の一両に一人ずつ、スーパー「マルイチ」の人間が添乗して世話することになっていた。

3号車は中央にカーテンがひかれ、半分が座敷、半分がカラオケ用の舞台になっていた。

若い新人歌手の山根《やまね》さとみと、作曲家の服部《はっとり》五一《ごいち》が審査員として乗り込んでいる。

賞品も積み込まれて、一一時二七分にお座敷列車「いこいの旅号」は東京駅を発車した。

横浜を通過した頃、車内放送で、

「これから3号車でカラオケ大会を始めますので、出場者の方は3号車へお移り下さい。その様子は各車両の大型テレビスクリーンに映し出されます」

といった。

めぐみは4号車のテレビで見ているというので、直子だけが隣りの3号車へ移って行った。

前もってカラオケ大会に出る人数は十人と決めてあった。

3号車の舞台にはソファが並べてあり、直子たち出場者十名が、それに腰を下して順番を待つのである。

男が三人に女が七人である。みんな緊張した顔付きだった。

新人歌手の山根さとみが、まず自分の持ち歌を一曲唄ってから、カラオケ大会が始まった。

どの人も一応のど自慢なのだろうが、列車がゆれるので、どうも勝手が違うらしい。

「こんな筈じゃないんだがなあ」

と唄い終ってから首を振る男の人もいたし、歌詞を間違える女性もいた。

それでも審査員の作曲家・服部は、笑顔で一人一人を賞めあげた。

その間も「いこいの旅号」は走り続けている。

直子の番になった。

立ってマイクを持つと、やはり車両のゆれが気になった。

畳の上に立って唄うというのは、妙なものだった。

それに、立っていると列車のゆれがそのまま身体に伝わって来て、足元に注意がいくと唄う方がおろそかになってしまう。

家で練習したときはかなり上手く唄えたと思ったのに、列車の中では途中から曲に合わなくなってあわててしまった。

それでも作曲家の服部は、

「堂々とした唄い方がいいですねえ。この人は実力のある人だと思いますよ」

と賞めてくれたうえ、敢闘賞として彼の作曲した歌が入っているLPレコードを贈られた。

何のことはない、十人の出場者全員に、さまざまな賞が用意されていたのだ。

カラオケ大会が終ったのは、伊東を出たあとである。

「間もなく終着の伊豆急下田ですから、そろそろ降りる準備をして下さい」

という車内放送があった。

直子は貰ったLPレコードを大事に抱えて、4号車の自分の席に戻った。

近くにいた人たちが、にこにこ顔で直子を迎えた。

「よかったわ」

「お上手なんで、びっくりしたわ」

と声をかけてくれた。

だが、肝心のめぐみの姿がなかった。

テーブルの上にはめぐみの持って来たお菓子やみかんが、食べかけのまま置いてあった。

窓の外には、海が青く広がっている。

伊豆に入ったのだ。

久しぶりに見る海の景色に、直子は見とれながらも、めぐみのことが気になった。

トイレにでも行っているのかと思ったのだが、それにしては時間がかかり過ぎる。

(他の車両に行っているのだろうか?)

とも思った。

めぐみは話好きである。他の車両へ遠征して行って、誰か知り合いがいたので、呑《のん》気《き》に話し込んでいるのかも知れない。

終着の伊豆急下田に着いたのは、パンフレットにあった通りの一四時二六分である。

ホームには、ミス下田が一行の出迎えに来ていた。

ホームに降りた直子は、めぐみの姿を探したが見つからない。

4号車の添乗員に、直子はめぐみがいないことを告げた。

背広の襟に、スーパー「マルイチ」のバッジをつけた三十歳くらいの添乗員は、

「困るなあ、勝手に動き廻っちゃあ」

と文句をいってから、

「原田さーん、原田めぐみさんはいませんかァ」

と大声で呼んだ。

直子もホームを見廻したが、めぐみは出て来ない。

他の車両の乗客はどんどん改札を通って出て行く。

添乗員は「弱ったな」を繰り返すだけである。

直子は他の乗客に悪くなって、添乗員に、

「先にホテルへ行っていて下さい。私がここに残って、彼女を探しますわ。見つかったら連れて行きますから」

「ホテルは知っていますね？」

「ええ。Kホテルでしょう。大丈夫ですわ」

と直子は微笑した。

添乗員は他の乗客を案内して、改札口を出て行った。

直子はもう一度、ホームを見廻した。

ホームの向うに小さなビルが並び、そのうしろに山が迫っている。緑が一杯の山である。

そしてこちら側には、空っぽになったお座敷列車がひっそりと停っている。

（もう一度、車内を調べてみよう）

と思い、開いたままになっている4号車のドアから中へ入ろうとした時、突然中からふらふらっと、泳ぐように当の原田めぐみが出て来た。

そのまま直子にしがみついて来た。

「原田さん」

とびっくりして呼んだが返事はなく、めぐみの身体は、ずるずるとホームのコンクリートの上に崩れていった。

思わず直子は悲鳴をあげた。

改札口のところにいた駅員が、こちらに向って駆けて来るのが見えた。

3

直子はくずおれたまま動かないめぐみの傍に、屈み込んだ。

彼女の後頭部が真っ赤に染っている。血が流れ出しているのだ。

誰かに後頭部を強打されたのだ。

二名の駅員が駆け寄って、

「どうなさったんですか？」

ときく。

「すぐこの人を病院へ運んで下さい。お願いします」

「頭をぶつけたんですか？」

「わからないわ。とにかく一刻も早く病院へ運んで下さい」

「すぐ救急車を呼びます」

一人が駅舎の方へ飛んで行った。

直子は残ったもう一人の駅員に向って、

「車内を見て来て下さいな」

「車内を？　なぜです？」

「この人は後頭部を殴られているんです。殴った人間はまだ車内にいるかも知れないわ。だから見て来て貰いたいの」

「見て来ましょう」

若い駅員は、車内に飛び込んで行った。

一人になった直子は、もう一度めぐみに向って名前を呼んでみた。だが、返事はない。

抱くようにしていたので、手が血に染ってしまった。
五、六分して、車内を見て廻っていた駅員が戻って来た。
「誰もいませんでしたよ」

「そう」

「本当に車内に犯人がいたんですか？」

駅員が疑わしげにきいた時、救急車のサイレンが聞こえた。いや、パトカーのサイレンも聞こえる。駅員が様子がおかしいので警察にも知らせたのだろう。

担架を持った救急隊員と刑事とが、一緒にホームに入って来た。

ぐったりと動かないめぐみは担架にのせられ、直子は二人の刑事につかまってしまった。

「事情を聞かせて下さい」

と、刑事の一人がいった。

直子は、知っていることを話してから、

「心配だから病院へ行きたいんですけど」

「すぐ案内しますよ」

と刑事はいってから、

「傷口から見て、誰かに後頭部を強打されたようですね？」

「ええ。私もそう思いますわ」

「あなたは犯人が車内にいるといいましたが、調べた駅員はいないといったわけでしょう？」

「トイレにかくれているかも知れませんわ」

「トイレも調べました」

と駅員がいった。

「われわれでもう一度調べてみよう」

二人の刑事は、そういって車内に入って行った。

降りて来たのは、三十分ほどたってからである。

片方の刑事は、手袋をはめた手にスパナを持っていた。

「あなたと被害者の原田めぐみさんですが、二人が乗っていたのは4号車だったんですね？」

「ええ」

「4号車の添乗員室にこれが落ちていました。それに血痕《けっこん》もありました。このスパナにも血痕が附着しています。見覚えがありますか？」

と刑事がきいた。

「いいえ。旅行に来るのにスパナなんて、持って来る筈がありませんわ」

「添乗員は何人いたんですか？」

「各車両に一人ずつ、スーパー『マルイチ』の方が添乗員として乗って下さったんです。でもずっと私たちと一緒にいて、ジュースを配ってくれたり、お茶を用意して下さったりしていたみたいですわ。私は途中からカラオケ大会に出てしまったから、わかりませんけど」

「すると、添乗員室は空っぽだったわけですね？」

「と思いますけど、添乗員の方に聞いてみて下さいな」

と直子はいった。

「あなたは一応署まで来てくれませんか」

刑事の一人がいった。

「事情は今お話しした通りですわ。他につけたすことはありませんけど」

「そうでしょうが、とにかく同道ねがいます」

刑事は頑固にいった。

（どうも様子が変だわ）

と思いながらも、直子は刑事たちと一緒にパトカーに乗り、下田警察署へ連れて行かれた。

そこで指紋をとられた。

なぜそんなことをしたか、直子にはすぐわかった。

明らかに彼女を疑っているのだ。

凶器と思われるスパナからも指紋を探し出し、照合するつもりなのに違いない。

「早く病院へ行って、原田さんの様子を聞きたいんですけど」

直子がいうと、安木《やすぎ》という刑事は肩をすくめて、

「その必要はなくなりましたよ」

「というと、原田さんは？」

「今K病院から連絡があって、彼女は亡くなったそうです。従ってこれは、殺人事件になりましたよ。だからもう一度、最初から話してくれませんか」

安木刑事はいった。

「もう、全て話しましたわ」

「それは列車に乗ってからの話でしょう。日頃、被害者と仲が良かったのか悪かったのかということも聞きたいですね」

「やっぱり、私を疑っていらっしゃるのね？」

直子がいうと、安木刑事も別に否定もせず、

「あなたには殺すチャンスがあったし、列車には他に誰も乗っていませんでしたからね」

「犯人はもうとっくに降りて、逃げてしまったと思いますわ」

「しかし、あなたが車内に犯人がいるに違いないといったんですよ」

安木はニヤッと笑った。

一時間すると、更に事態が悪くなった。

もう一人の島田《しまだ》という刑事が眼を血走らせて入って来るなり、同僚の安木に向って、

「指紋が一致したよ」

と大声でいったのである。

「やっぱり一致したか」

と安木はいい、じろりと直子を見た。

「一致したって、何と一致したんですか？」

直子がきいた。

「もちろん、凶器のスパナについていた指紋と、君の指紋とが一致したんだ」

と島田刑事がいった。言葉遣いまでついさっきとは違っていた。

「私は彼女を殺したりはしていませんわ」

直子は大きな声でいった。

腹が立って来たのだ。

「じゃあ、なぜ凶器に君の指紋がついているんだ？」

「知りませんわ、そんなこと」

「知らないじゃあ、通らないんだよ」

安木が険しい眼付きで睨《にら》んだ。

「動機がありませんわ」

「果してそうかね。同じマンションに住んでいて、表向き仲良くしていたが本当は憎み合っていたんじゃないのかね？」

「とんでもありませんわ」

「正直に何もかも喋《しゃべ》ったらどうだね？」

「もう話しましたわ」

「そうは思えないがね。スパナの指紋のこともまだ聞いていないよ」

「連絡したいことがあるんですけど、電話をかけさせて貰えません？」

「弁護士にかけるのかね？」

「いいえ。警視庁の捜査一課ですわ」

「捜査一課？」

二人の刑事はびっくりした顔で、眼を見合せた。

「捜査一課の誰に連絡したいんだ？」

「主人にですわ」

4

十津川は最初直子のいっていることが、よく呑《の》み込めなかった。

いつも落着き払っている直子が、妙に早口になっていたからである。

「落着いて話してくれないか」

と十津川はいった。

「お座敷列車の中で殺人事件があったの。殺されたのは、同じマンションに住む原田さんの奥さんだわ」

「本当かね？」

「本当なの。おまけに私が容疑者第一号で、今下田警察署に捕ってしまってるのよ。ちょっと待って、安木という刑事さんに代るわ」

直子がいい、「静岡県警の安木です」という男の声に代った。

ひどく気負い込んだ声である。

「十津川警部さんの奥さんとは、知りませんでした」

「家内が犯人だと思っているわけですか？」

十津川は丁寧にきいた。

事情がまだはっきりしなかったからである。

「残念ながら、奥さんの容疑は濃いんです。被害者は車内の添乗員室で、後頭部をスパナで強打されて殺されたと思われる状況ですが、このスパナに奥さんの指紋が付いていました。それに、奥さんが被害者の死体と一緒にいるのを発見された時、車内には他に誰もいなかったのです」

「そのスパナが凶器だということは、間違いありませんか？」

十津川は念を押した。

「まず間違いありません。スパナには血が附着しておりまして、その血は被害者のものに間違いないからです。被害者の傷口も、検視官によるとスパナのようなもので強打されたものだということですから」

「しかし、私も原田めぐみさんと同じマンションの住人なので知っていますがね。家内とは仲が良かった筈ですよ」

「動機についてはまだわかりませんが、表面上は仲が良くても、裏では憎み合っているという人も多いですからね。特に女同士の場合は、陰湿になりがちです」

安木という刑事は、相変らず気負い込んだ調子でいった。

十津川は苦笑しながら、

「家内もそれを認めたんですか？」

「いや、奥さんは否定しています。しかし状況は奥さんが犯人であることを示しています」

「家内は怒ることもありますがね、他人《ひと》を殺すようなことはありませんよ」

「お気持はわかりますが」

「家内には、すぐ行くと伝えて下さい」

と十津川はいった。

電話を切ると、亀井や日下刑事たちが心配そうに十津川の周囲に集って来た。

そんな部下たちに向って、十津川は「大丈夫だよ」といった。

「とにかく、私は下田へ行ってくる。電話ではどうもはっきりしたことがわからないのでね」

「私たちが何かお手伝いできることはありませんか？」

「今のところ何もない。あとで手伝って貰うことになるかも知れないがね。ありがとう」

十津川は部下に礼をいい、本多捜査一課長に事情を話してから、東京駅に向った。

一五時五一分発の「こだま」に飛び乗った。

一六時四五分に熱海に着いた。

すぐ一六時五三分発の伊東線に乗りかえる。

あと一時間半ほどで下田である。

窓の外には伊豆東海岸の海の景色が広がっていくが、十津川は考え込んでいた。

妻の直子が殺人を犯す筈はない。直子だって人を憎むことはあるだろうが、激情にかられて何かするというタイプではない。

一八時二八分に伊豆急下田駅に着いた。

途中から曇ってきたのだが、春らしい雨が降り始めた。

まっすぐ下田警察署に向った。

十津川が下田署に着くと、署内の空気が重苦しいことに気がついた。

〈伊豆急下田駅殺人事件捜査本部〉の看板のためだけではないようだった。

容疑者として連行した女性が、警視庁捜査一課の警部の妻だとわかったことにもあることは明らかだった。

十津川は順序として、署長にまずあいさつした。が、その時にも重苦しい空気を感じた。

署長は一応、十津川に対して、

「こんなことになって、こちらとしてもびっくりしているんだ。出来れば君の奥さんが無実であってくれればいいと思っているんだがねえ」

といってくれはしたが、その堅い表情には、いくら警視庁刑事の妻でも、だからといって手ごころは加えないぞという気持がにじみ出ていた。

下手をすると依怙地《いこじ》になって向ってくるだろう。

「よろしくお願いします」

とだけ十津川はいった。

署長の紹介で、事件を担当した安木、島田の二人の刑事に会った。

二人とも、やはり堅い表情をしていた。

「電話でお話しした安木です」

と一人がいい、つけ加えて、

「あのあとで、Kホテルに行って調べてきましたが、被害者の原田めぐみさんと親しくしていた人間はいないことがわかりました。つまり、お座敷列車の乗客の中で、被害者と利害関係のあった人間は奥さんだけだというわけです」

「つまり、家内にとって状況は一層悪くなったということですね」

「お気の毒ですが、その通りです」

安木は相変らず厳しい顔でいった。

絶対に妥協しないぞという眼付きだった。

「家内に会わせて貰えないかね？」

と十津川はいった。

拒絶されるかも知れないと思ったのだが、安木は署長と相談してから「どうぞ」といってくれた。

「お会いになっても無駄だと思いますがね」

「それでも構いませんよ」

十津川は取調室で直子に会った。

意気消沈しているかと思ったが意外に元気なので、十津川はほっとした。

「大変なことになったね」

と十津川は優しく声をかけた。

「今はひたすら面くらっているだけなの」

直子は肩をすくめて見せた。

「確かに面くらったろうね。凶器のスパナに君の指紋がついていたといって、ここの刑事が鬼の首でも取ったようにいっていたよ」

「あれは私もびっくりしたの。絶対に私の指紋なんかついてないと思っていたからだわ」

「君の指紋がついていたところをみると、あのスパナはいつも君が使っていたスパナだと思うね」

と十津川はいった。

十津川と直子はマンション住いで、小さな英国製のミニ・クーパー1000を持っているが、道路に面した駐車場に置いてある。

工具類だって車のトランクに放り込んであるし、二人とも呑気《のんき》で、トランクのカギを掛け忘れることが多いから、盗もうと思えば誰だって盗めた筈である。

それに駐車場といっても、屋根もなく、白い線で仕切られているだけである。

ただ、その区画の一つ一つに白いペンキで名前が書いてあるから、赤いミニ・クーパー１０００が、十津川夫婦の車であることは誰にだってわかるだろう。

「君は原田めぐみさんと一緒に、二人で今度の旅行に参加したんだったね？」

「ええ」

「彼女の様子に変ったところはなかった？」

「それを私も考えていたの。怖がっていなかったろうか？　今度の旅行を嫌がっていなかったかといったことをね。でも、彼女は怖がっても嫌がってもいなかったわ。むしろとても嬉《うれ》しがっていたわ」

「旅行好きだったのかな？　君はカラオケ大会に出たんだろう？」

「ええ。賞品にＬＰレコードを貰ったわ。今は警察に保管されてるわ。釈放されたらすぐに返して貰わないと」

直子は彼女らしく呑気ないい方をした。

「彼女はカラオケ大会に出なかったの？」

「ええ、出なかったわ」

「なぜかな。一度彼女が車を洗いながら唄っているのを聞いたことがあるけど、上手かったよ」

と十津川はいってから急いで、

「もちろん、君よりは下手だがね」

と付け加えた。

直子はクスッと笑った。

「確かに彼女は、声はいいし唄も上手いわ。それに騒ぐのも好きだったわ。なぜ出なかったのかしら?」

「申し込んだが、人数の制限があって出られなかったんじゃないのかな?」

「違うわ。私が彼女に一緒に申し込みましょうと誘ったら、彼女はいやだっていったの。今から考えると賑やかなことの好きな彼女らしくないんだけど」

「君が唄っている時、彼女は君を応援していたんだろうね?」

「応援してくれたと思うけど」

「それはどういう意味だ? 思うというのは」

「私たちの車両は4号車だったの。カラオケ大会は隣りの3号車で開かれたわ、一両を半分に区切って舞台を作って。彼女は、4号車に五十インチのテレビがあってそこに映るから、それを見ているといったのよ。だから、応援してくれていたと思うといったの」

「カラオケ大会が終ったあとで、彼女は君の唄をどういってたの？」

「それが会えなかったのよ」

「なぜ？」

「なぜだかわからないわ。カラオケ大会がずいぶん時間がかかって終ったときは、もう伊東を過ぎてたのよ。間もなく下田だというので、急いで4号車に戻ったんだけど、彼女の姿が見えなかったのよ」

「なるほどね。それで下田駅に着いてから君一人がホームに残っていたら、彼女がふらふらと車内から出て来て、君にしがみついて来たわけだね？」

「びっくりしたわ。彼女ったらそのままずるずる崩れてしまって、動かなくなってしまったのよ」

「その直後に、誰かが列車から降りて来るのを見たというようなことはなかった？」

「なかったわ。私も彼女を襲った犯人が、続けて降りて来るんじゃないかと思ってじっと見ていたんだけど、誰も降りて来なかったわ」

「反対側から降りて逃げたかな。反対側のホームには、列車は入っていなかったの？」

「ええ」

「それなら、線路に飛び降りてから向うのホームに這《は》いあがって逃げることは出来た筈だ」

「出来たかしら？　反対側のドアは、閉まっていた筈だし——」

「お座敷列車の窓は開くんじゃないのか？」

「そうね。半分まで押しあげて開けるような窓だったわ」

「それなら窓から逃げる可能性は残っていることになるよ」

と十津川はいった。

5

十津川は直子を励まして警察署を出ると、Kホテルに泊ることにした。

お座敷列車でやって来た他の連中は、事件のことなど知らない顔でホテルのホールで開かれているダンス大会に出たり、温泉に入ったりしていた。

十津川は、4号車に添乗していたスーパー「マルイチ」の社員に会った。

鈴木《すずき》という三十歳くらいの男である。

「事件のことを夕食のあとで聞きました。びっくりしているんです」

と鈴木はいった。

「私の家内が疑われて、下田署に捕っているんですよ」

「それはお気の毒ですが、何かお力になれることがありますか？」

「死んだ原田めぐみさんの家族には、知らせたんですか？」

「はい、電話でお知らせしました。四時頃に電話した時は、まだご主人が帰宅されていなかったんですが、八時にもう一度おかけしたらお出になりました。すぐこちらへ来るとおっしゃっていました」

と鈴木はいう。

十津川は、原田めぐみの夫とは三度ほどしか顔を合せたことがなかった。向うは商社員で忙しいし、こちらもいつ帰宅出来るのかわからない仕事をしていたからである。

T大を出ているとかで、いかにも頭の切れる感じの男である。

ここで顔を合せたら何といったものかと、十津川は気が重かった。向うの奥さんが殺され、十津川の妻が容疑者になっているからだ。

「各車両には添乗員室がついていましたね」

十津川がいうと、鈴木は肯いたが、

「うちの会社ではそんなところでのんびりしていたら、たちまち馘《くび》になってしまいます。お客様へのサービスが第一ですからね。私もずっとお客様と一緒にいて、お茶を出したり気分が悪くなった方には薬を差しあげたりしていて、添乗員室には一度も入りませんでしたよ」

「3号車でカラオケ大会が始まったときのことを話してくれませんか」

「その、何をですか?」

「各車両に大型のテレビスクリーンがあって、カラオケ大会の様子はそれに映し出されていたんですね?」

「そうです」

「4号車でも?」

「ええ、もちろん」

「他の乗客はそれをじっと見ていましたか? それとも全然見ていなかった?」

「見ている人も何人かいましたが、お酒が入って、立ち上って勝手に唄い出す人もいたし、お喋りをしている人もいたし、持って来たゲームをやっている人もいるしで大変でしたよ。日本人って、旅に出ると急に開放的になりますからね」

「死んだ原田めぐみさんを覚えていますか?」

「ええ、顔は覚えています。なかなかきれいな方でしたから」

「カラオケ大会の間、彼女がどうしていたか覚えていますか？」

「それが駄目なんですよ。今もいったように、車内が賑やかでしたからね。五、六人で立ち上って、民謡を踊り出す人たちもいましたからね。覚えていないんです。下田駅に着いて、警部さんの奥さんにいわれて、やっと原田めぐみさんがいないことに気がついたくらいなんですよ」

「招待客以外の人間が乗っていた、ということはありませんか？」

「ないと思いますね。東京駅では一応、点呼をとってから乗りましたから」

「しかし、途中、熱海と伊東には停車するわけですね？」

「ええ」

「そのどちらかで乗って来たかも知れませんよ」

「しかし、下田ではちゃんと招待した人数しか乗っていませんでしたよ。亡くなった原田さんを入れてですが」

と鈴木はいった。

十津川は自分の部屋に入ると、東京の亀井刑事に電話をかけた。

「カメさんに頼みたいことがあるんだよ」

「今、事件がありませんから、何でもいいつけて下さい。奥さんは大丈夫ですか？」

亀井の声がびんびん伝ってくる。

十津川は亀井の顔を思い浮べながら、

「家内は元気だよ。私のマンションに行って、私の車を調べて貰いたいんだ。赤いミニ・クーパーだ。トランクをあけると工具を入れた箱が入っている。その中にスパナが何本あるか調べてきて欲しいんだ。三本ある筈なんだが、その通りあるかどうかね」

「それだけでいいんですか？」

「今はそれだけでいいよ」

と十津川はいった。

一時間半ほどたって、亀井の方から電話がかかった。

「見て来ました。工具箱の中にスパナは二本しかありませんでしたよ」

「やっぱりね」

「これで奥さんは助かるんですか？」

「一時的には立場はまずくなるが、事実を知りたかったんだ」

「日下刑事たちも、何かお役にたちたいといっていますから、どんなことでもいいつけて下さい」

と亀井がいった。

「それでは、明日になってからでいいんだが、原田という商社員のことを調べてみてくれないか。私と同じマンションに住んでいる男だ。M商事に勤めている。今日の行動が知りたい」

「家族なんですか？」

「殺された原田めぐみの夫だ。夫婦仲がどうだったか私は知らないが、悪かったとすれば動機はあるわけだからね」

「わかりました。その男のアリバイをしっかり調べておきますよ」

と亀井はいった。

電話を切ってから、十津川は眠れなかった。

留置場で一夜をおくる辛さは、十津川にはよくわかっている。まだ寒いし、電灯はつけっ放しになっている。眠れないだろう。

十津川はベッドにつけないまま、ホテルを出た。

足は自然に下田警察署に向ってしまう。雨は止んでいたが、地面は黒く濡《ぬ》れている。

十津川はこうこうと明りのついている警察署に入って行くと、安木刑事が二階から降りて来るのにぶつかった。

「原田めぐみさんのご主人がもう来たんじゃないかと思って、来てみたんですよ」

と十津川は安木に声をかけた。

「ええ。見えましたよ」

安木は肯き、十津川にお茶をいれてくれた。

「原田さんはどういっていました？」

十津川はきいてみた。

「遺体に取りすがって泣いていましたね。不吉な予感みたいなものがあって、今度の旅行には行かせたくなかったといっていましたよ」

「私の家内のことは、どういっていました？」

「ショックが大きいだろうと思って、最初は十津川さんの奥さんのことは、黙っていようと思ったんです。それが原田さんの方から、家内は十津川さんの奥さんと一緒だった筈だが、どうしていますかときかれましてね。仕方なく全て話してしまいました」

「原田さんの反応はどうでした？」

「よほどショックだったんでしょうね、しばらく黙っていましたね。それからぽつりと、十津川さんの奥さんとは仲がいいと思っていたんだが、と呟いていたのが印象的でした」

　と安木はいう。

　この刑事は直子を犯人と決めてしまっているのだから、仕方がないといえばいえるが、原田をまったく疑っていない感じだった。

「彼が妻を殺したとは考えられませんか？」

　十津川はきいてみた。

　安木はびっくりした顔になった。

「原田さんがですか？」

「妻が殺された場合、夫が第一容疑者だというのは捜査の常識じゃありませんか？」

「それは一般の事件の場合でしょう。今度の事件では夫の原田さんが問題の列車に乗ってはいなかったわけですし、十津川さんには申しわけありませんが、一緒に乗っていた奥さんの容疑があまりにも濃いですからね。それでも被害者の夫を疑えというのは、あまりにも現実離れしていると思われますね」

　安木は一歩も譲らぬ口調でいった。

「原田さんが問題の列車に乗らなかったという証拠はないんでしょう？」

　と十津川はいった。

「乗ったという証拠はありませんよ。東京駅を発車する時、点呼をとったが招待客以外の人間は乗らなかったことは確認したと、スーパー『マルイチ』の添乗員は証言しています」

「原田さんに、今日一日どこで何をしていたか聞きましたか？」

「一応は聞きましたよ」

「それで返事は？」

「一日中、会社で仕事をしていたという返事でしたね」

「それが事実かどうか確認しましたか？」

「まだ確認はとっていませんが、他に容疑の濃い人間がいるんですよ。いなければ確認をとりますが」

「それは私が調べましょう」

と十津川はいった。

安木刑事の顔がこわばったのは、十津川の言葉を明らかな挑戦と感じたのだろう。

「それは十津川さんのご自由ですが」

安木は甲高い声でいった。

## 6

十津川は眠れぬままに、ホテルで朝を迎えた。

妻の直子もきっと眠れなかったろう。

直子は犯人ではあり得ない。甘いかも知れないが、十津川にとってそれは全ての前提なのだ。

直子が犯人でなければ、一番疑われるのは夫の原田である。

原田が犯人とすれば、どこでどうやって妻のめぐみを殺したのだろうか？

問題のお座敷列車「いこいの旅号」が東京駅を出発するとき、原田は乗らなかった。これは間違いないだろう。東京駅では点呼をとったといっているし、最初から乗っていたのでは、見つかる恐れがあるからだ。

とすれば、途中から乗って来たに違いない。「いこいの旅号」は熱海と伊東で停まる。乗ったとすればこのどちらかであろう。

問題は、この二駅で「いこいの旅号」に追いつけるかである。

十津川は時刻表を広げて、「いこいの旅号」の時刻表を重ね合せてみた。

「いこいの旅号」は一一時二七分に東京駅を出発する。

熱海着一二時五九分、発一三時〇〇分。

伊東着一三時二四分、発一三時二五分である。

これに熱海か伊東で追いつく列車があるかどうかである。

新幹線で調べてみた。

新幹線は伊東には駅がないから、追いつくとすれば熱海であろう。

「いこいの旅号」のあとに発車する「こだま」を調べてみた。

一分後の一一時二八分に東京を発車する「こだま３０３号」ならゆっくり追いつくが、これは三月十五日までしか運転されていない。

一一時四〇分の「こだま２３９号」ならどうだろうか？

この列車は熱海に一二時三三分に着く。

「いこいの旅号」は一三時〇〇分熱海発だから、ゆっくり間に合うのだ。

（原田はこれに乗って追いつき、「いこいの旅号」に熱海から乗り込んで、妻のめぐみを殺したのか？　それとも先廻りしていたのか？）

十津川は亀井の報告に期待した。

その報告によって、原田が犯人かどうかわかって来るだろう。

亀井からKホテルの十津川に電話が入ったのは、夕方五時を過ぎてからだった。

「報告がおくれて申しわけありません」

と亀井らしくまず詫《わ》びをいった。

「そんなことはいいよ」

「まず、事件当日の原田のアリバイからいきます。九時に大手町の商事会社に出社しています」

「大手町だったんだ。東京駅に近いな」

「そうですね。十一時に社を出て、午後三時に戻っています」

「その間、何をしていたんだ？」

「商談に廻っていたといっています。銀座や新宿などにある外国系の会社の日本支社を廻ったということです。ただ、本人はそちらへ行っているので、本人ではなく、彼の上司から聞いたものです」

「本当に相手に会っているかどうか、わからんな」

「会っていません」

「会っていない？」

「上司に出した報告では、十一時から三時までの間に、アメリカ系三社とドイツ系一社に行ったが、いずれも向うの担当者が不在で、会えなかったといっているからです」

「四社とも相手担当者が不在だって?」

「そうです」

「事実なのか?」

「それが事実なんです。英語の上手い清水刑事に問い合せて貰ったところ、四社とも担当者が不在でした」

「しかし、そういう場合は、前もって電話でアポイントメントをとっておいてから会いに行くんだろう。商社員の原田が、いきなり相手の会社に出かけて行ったというのはおかしいな」

「確かにそうですが、相手が不在だったことだけは間違いありませんから、原田が犯人とすると、そこに逃げるんじゃないでしょうか? 行かなかったということもいえないわけですから」

「しかし、原田が行ったかどうか、相手の会社の受付けが覚えているんじゃないのか?」

「それが、親しくなっているので原田はいきなりドアを開けて、のぞく感じで訪ねるのだそうです。アポイントメントをとらずに出かけたのも、そのせいだろうと上司はいっています」

「十一時に大手町の会社を出たのなら、東京駅へ行って、新幹線で『いこいの旅号』を追いかけられるからね」

「それは出来ません」

と亀井がいった。

「出来ないって、一一時四〇分東京発の『こだま』に乗れば、熱海で『いこいの旅号』に追いつけるんだよ」

「警部はご存知なかったんですか？」

「何をだ？」

「あの日、午前中は東京―名古屋間の下りの新幹線を止めて、線路の点検、整備を実施しています」

「本当かい」

「本当です」

「そうか。私は夕方の新幹線に乗ったので、気が付かなかったんだ。原田は新幹線で『いこいの旅号』を追いかけられなかったのか？」

「そうです。従って、もし追いかけたとすれば在来線を使ったに違いありません」

「同じ東海道本線を使っている列車で、追いつけるのかな」

「それから、原田の会社の社員から面白い噂を聞きました。彼が社内の若い女性と出来ているという噂です」

「ほう」

「これはどうも本当らしいです。相手の女性の名前もわかっていますから。田辺《たなべ》ゆう子という、大学を出て入社一年のＯＬです。美人ですよ」

「これで動機はあったことになるね。ありがとう」

「早く奥さんを自由にしてあげて下さい」

と亀井がいった。

## 7

新幹線は使えなかったことがわかった。

従って原田が犯人だとしても、十一時に会社を出たあと新幹線で追いかけたわけではないのだ。

原田も車を持っているが、足の早いスポーツ・カーではないから、東名高速を飛ばして「いこいの旅号」を追いかけることは出来ない。

タクシーでも、まず無理だろう。

何よりも、車は道路の状況によって出せるスピードが違ってくる。不安定な乗り物だから、殺人計画、それも時間をきっちり計って行うような殺人計画には不向きである。

原田だってそれは知っているだろうから、使ったとすれば時刻表通りに動く列車の筈である。

十津川は時刻表を調べてみた。

同じ東海道本線のレールを使うしかないが、片方は臨時列車である。

その点で、後から出て、追いつく列車があるかも知れない。

お座敷列車のようなイベント列車は、細かい国鉄のダイヤをぬってはめ込む。臨時列車より普段どおりの列車が優先するから、「いこいの旅号」が途中で後続の列車に先をゆずることも、十分に考えられた。

そのつもりで時刻表を見ていくと、ぴったりする列車が見つかった。

| | | いこいの旅号 | 踊り子55号 |
|---|---|---|---|
| 東京 | 発 | 11：27 | 11：30 |
| 熱海 | 着 | 12：59 | 12：57 |
| | 発 | 13：00 | 12：58 |
| 伊東 | 着 | 13：24 | 13：22 |
| | 発 | 13：25 | 13：25 |
| 下田 | 着 | 14：26 | 14：25 |

「いこいの旅号」より三分おくれて一一時三〇分に東京を発車する、伊豆急下田行のL特急「踊り子55号」である。

「いこいの旅号」の時刻表と比べてみた。

原田は多分、この時刻表に従って殺人を行ったのだ。

彼は一一時三〇分発の「踊り子55号」に乗って、熱海で先行する「いこいの旅号」に追い着いた。

ここで「いこいの旅号」に乗り込み、車内で妻のめぐみを殺したに違いない。

そして伊東で降り、東京へ引き返したのだ。

原田は、妻のめぐみがこの日、十津川の妻の直子とスーパー「マルイチ」の招待で、お座敷列車に乗って下田へ行くのを知っていた。

「いこいの旅号」の時刻表も前もって渡され

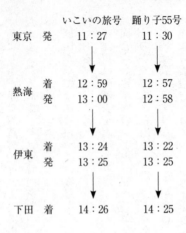

ていたから、原田も見ていたことは十分に考えられる。

車内で殺して、同行している直子の犯行に見せかけようとしたのだ。

だから前もって、直子が運転する、ミニ・クーパー1000のトランクからスパナを盗み出しておき、それを凶器に使ったのだろう。手袋をはめれば、自分の指紋はつかない。

めぐみの方も、熱海から夫が乗ってくることは知っていたのではあるまいか。

そんな気がするのだ。

妻の直子がこんな風に話していたからである。

直子と原田めぐみは、楽しく今度のお座敷列車に乗った。少くとも直子にはそう思えた。

めぐみは彼女自身、歌が上手いしカラオケが嫌いでもない。

それなのに、直子が3号車でカラオケ大会に出場する際、一緒に3号車に行って応援はせず、4号車のテレビ画面を見ているといったという。

普通なら、当然3号車へ行って応援するところである。

しかも4号車に残り、めぐみはカラオケ大会が始まってから、備え付けの大型テレビの画面を見ていなかったようだ。

なぜそんな行動に出たのか?

考えられるのは、カラオケ大会の最中に、めぐみが他に何かすることになっていたのではないかということである。

原田とめぐみは、彼が会社内に作った女のことでもめていたとする。

めぐみがお座敷列車に乗ることにしたのも、そんないざこざが面白くなかったからだろう。

別れ話が持ち上っていたことも、考えられる。

だが、それが暗礁にのりあげていたのではないか。

原田が離婚をのぞんだが、めぐみの方は承知しなかった。このままでは三角関係が会社で問題になり、原田は会社を馘になるかも知れない。

だが原田は、若い女を諦められなかった。どちらかの女を消さなければならなくなって、妻のめぐみの方にしたのではないか。

妻のめぐみが、十津川の妻の直子と一緒にお座敷列車に乗ることに決った時、原田はチャンスだと思った。

お座敷列車の中でめぐみが殺されていれば、まず一緒に旅行に参加した直子が疑われる。凶器がスパナで、それに直子の指紋がついていれば完全だろう。

あとで警察に聞かれたら、同じマンションに住んでいて、一見仲が良さそうだったが、本当は犬猿の仲だったと証言すればいいのだ。

問題は列車の中で、めぐみがひとりでいるかどうかである。実際には仲のいいめぐみと直子だから、いつも一緒にいる可能性がある。それでは途中で「いこいの旅号」に乗り込んでも、めぐみを殺すことは出来ない。

そこで原田は、カラオケ大会を利用することにした。

最初めぐみは、直子の応援に3号車に行くつもりにしていたのだと思う。

原田はそこで、前日に妻のめぐみにこんな風にいったのだろう。明日、会社へ出たら、女にはきっぱりと話をつけて別れる。別れたその足で「いこいの旅号」を追いかけて、熱海から乗り込むから、二人だけでゆっくりと話をしよう。君が許してくれるのなら僕も下田に一緒に行く。そんなことをいったのではないだろうか。

原田にまだ未練があっためぐみは、その提案を受け入れた。

だから彼女は直子の応援に3号車へ行かず、列車が熱海に着いた時には、4号車のデッキにいたのだろう。

原田は熱海から乗り込むと、女とはきっぱりと別れて来たと嘘をつき、空いている添乗員室に入って話し始める。口から出まかせをいったろう。そしてすきを見て、持って来たスパナでめぐみの後頭部を強打した。

めぐみは倒れて動かなくなる。死んだと思った原田は、直子の指紋のついたスパナをその場に投げ捨て、次の伊東で降りた。

だがめぐみは、完全に死に切れてはいなかった。

列車が終着の下田駅に着いたあとめぐみは気がつき、ふらふらっと列車の外へ出た。ホームにいた直子に抱きついた。が、そこで本当にこときれてしまったのだ。

## 8

伊東で降りた原田はどうしたか？

「いこいの旅号」の伊東着が一三時二四分である。

すぐ引き返して、午後三時（十五時）までに大手町の会社に帰らなければならない。一三時三〇分伊東発、熱海行の普通電車がある。これに乗ると、熱海には一三時五五分に着く。

熱海からは当然、新幹線を利用しただろう。

午後だし、上りだから、新幹線は正常に動いていたとみていい。

時刻表を見ると、一四時〇〇分に熱海を出る「こだま422号」がある。これに乗れば、東京には一四時五五分に着く。

午後三時を五、六分過ぎてはしまうだろうが、大手町の会社には戻れるのだ。

多分、それがこの日の原田の行動の全てだろう。

だがそれを証明するのは難しいし、証明できない限り、妻の直子を救い出すことは出来ない。

十津川は翌日、東京に帰ると、同じマンション内の原田の部屋をノックした。

ドアが開いたが、原田は十津川が立っているのを見て、さすがにぎょっとした顔になったが、それでも中へ入れてくれたのは、自分に弱味があるからだろう。

「奥さんはお気の毒でした」

と十津川はまずお悔みをいった。

それで原田は、少し警戒を解いたようだった。

「十津川さんの奥さんも、とんだことになってしまって――」

と原田がいう。

「向うの警察が家内を犯人と思うのも、もっともだと思うのですよ」

「――」

「もし、本当に家内がやったのだとしたら、何とお詫びしていいかわかりません」

「いや、奥さんも魔がさしたんだと思いますよ」

と原田がいったとき、奥で電話が鳴った。

原田が腰を浮した。きっと、女からの電話と思ったのだろう。

「ちょっと失礼します」

と原田は立ち上って、居間を出て行った。

が戻ってくると、眉をひそめて、

「いたずら電話でした。最近はああいうのが多くて困ります」

「そうですね。実は明日、現場検証があるんです。問題のお座敷客車は、今、品川客車区に回送されて、現場保存されています。その車内で現場検証があるんです」

と十津川はいった。

「そうですか――」

「家内も辛いと思います。腰縄を打たれて、犯行を再現させられるんですから」

「お気の毒に思いますが、僕には何とも――」

「いや、原田さんに何かしてくれとはいいません。ただ私は、どうしても家内が犯人とは信じられない」

「わかりますよ、お気持は」

「それで明日、私は現場検証に立ち合うつもりなんです。そしてあの4号事や、添乗員室を徹底的に調べ直してみようと思っているのです。家内が犯人でなければ、真犯人の遺留品が何か落ちていると思っているのです。どんな冷静な犯人でも、人を殺したときは、落着きを失っているものです。何か落としても気がつかない。万年筆とかキーとか、ボタンとかです。そうした遺留品から犯人を突き止めたことが何度もあるので、今度もそれを期待しているのですがね。何とか見つけたいと思っています」

十津川はそれだけ話すと、腰を上げた。

9

その夜おそく、品川客車区に小雨が降り出した。

事件のあった六両のお座敷客車は一番外の線路に置かれ、4号車にはロープが張られていた。

〈現場保存〉

と書かれた札がぶら下っている。

スニーカーに皮ジャンパーという恰好の人影が近づいた。ロープをくぐり、4号車に乗り込んだ。

黒っぽいスキー帽を、まぶかにかぶっている。

その人影は添乗員室に入ると、ペンシル型の懐中電灯を取り出し、一生懸命に何かを探し始めた。

やっと添乗員室の隅に、ライターを見つけて拾いあげた。

眼をこらすと「社内ゴルフ大会三位」と彫ってある。

ほっとしてそれをジャンパーのポケットに入れようとした瞬間、閃光《せんこう》が走った。

続いてもう一度。

「それでいいだろう」

と十津川の声がいった。

明りがついた。

呆然《ぼうぜん》と立ちすくんでいる男のスキー帽を、十津川がむしり取った。

原田の顔が明りの中に浮び上った。

「やっぱり君か」

と十津川はいった。

「写真はばっちり撮れている筈です。これは法廷でも物をいうと思いますね」

カメラを持った亀井が大きな声でいった。

十津川が原田の手からライターをもぎ取った。

「これは君のライターに間違いないね？」

十津川がいった。原田は急にがっくりと肩を落とした。

「あいつが妊娠したんで――」

と原田は俯いてぼそっといった。

「会社の女か？」

「ああ、めぐみの奴が大人しく別れてくれればよかったのに――」

「それは虫が良すぎるよ」

十津川は憮然《ぶぜん》とした顔で、外にいた下田警察署の二人の刑事に、

「君たちが手錠をかけてくれ」

といった。

原田を彼等に引き渡すと、十津川は客車から飛び降りた。

亀井と二人、小雨の中を品川客車区の外にとめてある車のところへ歩いて行った。

「うまくいきましたね」

と亀井が嬉しそうにいった。

「しかし、汚い手を使ってしまったよ」

十津川がいった。

今日の夕方、十津川は原田の部屋を訪ねた。

時間を示し合わせてむりに、亀井に原田の番号に電話をかけて貰ったのだ。

女のことがあるから、原田は必ず電話に出るだろう。

その隙に、十津川は居間にあったライターを盗んだ。

ライターでなくても、原田が身につけているものなら何でもよかったのだ。万年筆でも、バッジでも。

そのあと、十津川は明日、品川客車区にとめてあるお座敷客車で現場検証があるといった。

もちろん嘘である。

その時、自分は真犯人の遺留品がないか必死に探すつもりだとも付け加えた。そういえば、原田が不安になるのを見越してである。

犯人ならいつだって、現場に何か落として来なかったかと、不安でいるものなのだ。

案の定、原田は不安になった。

いつも使っているライターがなくなっている。

普段なら居間に置いてあった筈だと思う。だが自分が殺人をやった直後だから、ひょっとすると現場に落として来たのではないかと、不安になってくるのだ。万一、現場に落としてしまっていれば命取りになる。明日、現場検証をやるとすると、今夜中に見つけて始末しなければならないと思うだろう。

罠《わな》を張っていたところへ、原田の方から飛び込んで来たというわけである。

「しかし警部、原田という男の方がずっと汚い手を使ったわけですよ」

亀井がなぐさめるようにいってくれた。

「ありがとう」

と十津川はいった。

車に乗り込むと、深夜の国道を下田に向った。今夜のうちに何としても下田に着いて、一刻も早く直子を自由にしてやりたかった。

(おれは汚い手を使った)

と十津川は思う。が、それを今回は後悔はしていなかった。

妻を助けるためなら、もっと汚い手でも使ったに違いなかったからである。

# 解説—多彩な謎解きと懐かしい列車

山前　譲

三十年と数ヵ月の「平成」の時代は、経済においてさまざまな構造改革が進められた。郵政事業や道路公団の民営化、公共サービスの民間委託などが大きなものだが、その先駆けとなったのは「昭和」の末期、一九八七年の日本国有鉄道（国鉄）の分割民営化ではなかったのではないか。

新たに発足したJRグループ各社の企業努力により、鉄道はどんどん姿を変えていった。航空路に対抗して、新幹線など列車の高速化がすすめられる。観光地とのコラボレーションも盛んになり、ユニークなグルメ列車が各地で走りはじめた。「ななつ星in九州」のような豪華なクルーズトレインは、かなり高額なのに、チケットの入手が困難である。こうして鉄道旅に新しい魅力が加わったが、その一方で廃止された路線があり、寝台特急など姿を消した列車があった。

そんな鉄路への郷愁を駆り立ててくれるのが西村京太郎氏の作品群だろう。本書

『十津川警部　郷愁のミステリー・レイルロード』にもさまざまな鉄道の姿を背景にしたミステリーが四作収録されている。

鉄道を取り上げた番組がよくテレビで放映されているけれど、近年目立つテーマは「秘境駅」だ。そこに厳密な定義はないけれど、人里離れたところにあり、一日の利用客がほとんどいない駅は、なんだか健気で旅心を誘う。どうしてこんなところに駅が？　いったいこの駅を日常的に利用する人はいるのか？　何日もウォッチングしていると、鉄道と近隣住民との長年の関わりが浮かび上がってくる。駅そのものがちょっとミステリアスな存在と言えるだろう。

そんな秘境駅が多いということで注目を集めているのが、愛知県の豊橋駅から長野県の辰野駅まで、路線距離が一九五キロ余りの飯田線である。「愛と死の飯田線」（「別冊小説宝石」一九八五・九　光文社文庫『最果てのブルートレイン―急行「天北」殺人事件―』収録）はその飯田線がアリバイの鍵を握っている。

名古屋のホテルで、サラリーローンの会社を経営している初老の男が殺された。ＯＬに大金を融資するというやり方で儲《もう》けていたが、容疑者として浮かび上がったのは東京のふたりのＯＬだった。彼女たちの友人が、その餌食《えじき》となり、自殺していたからである。しかし、ふたりには飯田線に乗っていたというアリバイが……。

飯田線は起終点を含めて九十四駅もある。平均駅間はなんと二・一キロで、都市近郊路線並みだ。もともとは近隣住民の足となっていた四社の私鉄だったからなのだが、天竜川の渓谷美が大きな魅力となっている。それに加えて最近は、小和田駅ほかの秘境駅がブームなのだ。春と秋の観光シーズンには、臨時急行「飯田線秘境号」が運行されている。

とくに天竜峡駅から大嵐駅までの区間に秘境駅が多いのだが、その天竜峡駅がアリバイの鍵を握る。十津川警部と亀井刑事が飯田線に乗り、巧妙なトリックを解明していくのだった。飯田線を舞台にした長編には『十津川警部　飯田線・愛と死の旋律』（二〇一二）や『飯田線・愛と殺人と』（二〇一九）がある。

一九九七年十月、翌年二月の長野オリンピックの開催に間に合うように、東京・軽井沢間に新幹線が開通した。それは北陸新幹線の一部だったが、便宜的に長野行新幹線とか長野新幹線と呼称された。これによって信越本線の高崎・軽井沢間は廃止となり、軽井沢・篠ノ井間が第三セクターのしなの鉄道に移管されている。

北陸新幹線なら高崎から軽井沢まで最速でわずか二十分ほどである。名物駅弁の「峠の釜めし」をゆっくり味わいながら、碓氷《うすい》峠を越えていく楽しみはなくなってしまった。時間的には便利になったとはいえ、鉄道旅の魅力がまたひとつ消えたという思いを抱いた人は多かったに違いない。

その北陸新幹線で今、東京・長野間を走っている「あさま」は、かつての信越本線ではメインの特急だった。「特急『あさま』が運ぶ殺意」（「小説宝石」一九九二・七光文社文庫『特急「あさま」が運ぶ殺意』収録）は、その「あさま」の車内で事件が起こっている。

十津川班の紅一点、北条早苗刑事が叔母の葬式に出席するため、新宿九時二八分発の特急「あさま」で小諸へ向かった。「あさま」は上野発が基本だったが、新宿発のものもあったのだ。そして車内で一歳半ぐらいの男の子を抱いた小田ゆみ子と知り合う。その子の父親が突然、交通事故でなくなってしまったらしい。彼女は彼の両親に子供を見せようと、やはり小諸に向かっているという。そのゆみ子が、小諸に着こうかという時、ポットから紅茶を飲んだ直後に死んでしまった。青酸中毒だった。小諸の有名な料亭の関係者の確執が背景となった、複雑な事件に巻き込まれていく北条早苗である。

「幻の特急を見た」（「オール讀物」一九八三・五　光文社文庫『雷鳥九号殺人事件《サスペンス・トレイン》』収録）も国鉄時代の事件だが、ちょっとマニアックな知識を生かしたアリバイものである。

池袋駅近くのマンションで宝石商が殺される。個人秘書の星野に疑いがかけられたが、死亡推定時刻には富士川の河原にいたとアリバイを主張する。けれど、ひとりで行ったのでその裏付けはない。すると彼は、午後二時に富士川橋梁《きょうりょう》を渡る下り特急を見たと言いだす。ただ時刻表にはそんな列車は載っていない……。十津川警部の執念の捜査が、容疑者のアリバイを証明するのはユニークな展開と言えるだろう。

十津川警部が新婚旅行の最中に事件に関わっていたのは、『夜間飛行《ムーンライト》殺人事件』（一九七九）だった。新妻の直子はとんでもない人と結婚してしまったと思ったかもしれないが、『豪華特急トワイライト殺人事件』（一九九二）ほか、その後、幾度となく事件に遭遇しているのだから、もうなにがあっても動じることはないだろう。

ただ、殺人事件の容疑者となってしまった「お座敷列車殺人事件」（「オール讀物」一九八五・五　文春文庫『極楽行最終列車』収録）は、とりわけ直子にとって忘れがたい事件に違いない。

近くのスーパーの抽選で直子は、お座敷列車「いこいの旅号」で行く伊豆の旅が当たった。同じマンションの原田めぐみも当選していて、楽しい旅となる。直子は車内でのカラオケ大会に参加し、大いに盛り上がった。

そして終点の伊豆急下田に到着したが、なぜかめぐみの姿がない。ひとり残った直子がお座敷列車の中を調べようとすると、車内からめぐみがふらふらっと泳ぐように出てきた。救急車で運ばれた彼女は後頭部を強打されていて、死亡が確認される。凶器のスパナにはなぜか直子の指紋が！　妻を信じる十津川警部は必死の捜査を続ける。夫婦愛が印象的な作品だ。

伊豆半島は十津川警部シリーズのメインの舞台と言っていいだろう。熱海から下田にかけての東側だけでも、『南伊豆高原殺人事件』（一九八五）、『伊豆の海に消えた女』（一九八八）、『伊豆海岸殺人ルート』（一九九四）、『伊豆下賀茂で死んだ女』（一九九八）、『伊豆急「リゾート21」の証人』（二〇〇九）といった長編がある。

この『十津川警部　郷愁のミステリー・レイルロード』にはヴァラエティに富んだ四作が収録されている。ミステリーの謎解きと鉄道の多彩な姿とのコラボレーションを堪能できるだろう。

（初刊本の解説に加筆・訂正しました）

二〇二一年五月

この作品は2019年3月徳間書店より刊行されました。
なお、本作品はフィクションであり実在の個人・団体などとは一切関係がありません。

徳間文庫

十津川警部《とつがわけいぶ》 郷愁《きょうしゅう》の
ミステリー・レイルロード



2021年6月15日 初刷

著者 西《にし》村《むら》京《きょう》太《た》郎《ろう》
発行者 小宮英行
発行所 株式会社徳間書店
東京都品川区上大崎三-一-一
目黒セントラルスクエア 〒141-8202
電話 編集〇三(五四〇三)四三四九
販売〇四九(二九三)五五二一
振替 〇〇一四〇-〇-四四三九二
印刷
製本 大日本印刷株式会社

ISBN978-4-19-894653-1 (乱丁、落丁本はお取りかえいたします)